LA HIJA

CONDOMINIO 50+ LIBRO 2

JANIE OWENS

Traducido por

SANTIAGO MACHAIN

Publicado en 2021 por Next Chapter

Arte de la portada por CoverMint

UNO

ANGIE BARNES MIRABA por la ventanilla del avión mientras el vuelo aterrizaba en el aeropuerto internacional de Daytona Beach. Hacía tiempo que no estaba en Florida y se sentía más que aprensiva al volver a casa. ¿La recibirían sus padres? ¿Recibirían esa visita con gran alegría, o la verían como otra oportunidad para que anduviese de pedigüeña? Ya tenía un historial de pedidos de dinero a sus padres. Oh, sí, era muy buena tendiendo la mano y pidiendo más.

Sacó su teléfono y marcó. *Es mejor avisarles que presentarse sin avisar.*

—¡Joe!

—En el dormitorio.

—Te necesito.

Joe Barnes entró en el salón, donde su esposa Rachel estaba sentada en el sofá, con el teléfono en el regazo.

—Era Angie —anunció Rachel sin expresión ni emoción.

Ángela era su verdadero nombre, pero nadie la llamaba así. Había nacido cerca de la Navidad, y en aquella época, a Rachel le había fascinado la idea de Angie, el ángel del árbol de Navidad. En consecuencia, le había puesto *Ángela* a su hija, pero siempre la habían llamado *Angie*.

—¿Entonces? ¿No son buenas noticias? —preguntó Joe mientras se sentaba frente a ella.

—Depende de cómo lo mires —respondió Rachel, fijando los ojos en su marido—. Ella quiere quedarse con nosotros por un tiempo. No está segura de cuánto.

—Oh. —Joe sabía lo que eso significaba.

—No estoy en condiciones de financiar sus gastos de manutención mientras busca el propósito de su vida o el sentido de esta —planteó Rachel, sacudiendo la cabeza.

—¿Le has dicho eso?

—No exactamente con esas palabras, pero lo he insinuado.

—Si no somos firmes, se aprovechará de nuevo —señaló Joe.

—No lo he olvidado.

—¿Cuándo llega?

—En un par de horas.

—¿Qué? —Joe se puso de pie—. Bueno, será mejor que alineemos nuestras historias. No podemos dejar que nos pase por encima otra vez.

—Estoy totalmente de acuerdo —afirmó Rachel—. Pero eres tú el que cede. —Le dirigió a su marido una mirada cómplice.

Joe reconoció que era cierto con su gruñido. Rachel era mucho más dura cuando se trataba de su única hija, su único descendiente. Y a veces eso provocaba enfrentamientos entre Angie y ella.

—Lo haré mejor —acordó, caminando hacia el pasillo—. Seguiré tu ejemplo.

—El año pasado disfruté mucho sin la mano tendida y el "dame, dame" —comentó Rachel, levantándose.

—Yo también.

Ambos caminaron por el pasillo hasta el dormitorio extra. Sería perfecto para Angie mientras estaba de visita. Una puerta en la entrada del pasillo proporcionaba privacidad del resto de la unidad. Un tocador cruzaba el pasillo al final, con armarios y un lavabo en el centro, y un gran espejo encima. A la izquierda había una puerta que conducía a la ducha y al aseo. A la derecha, una puerta al dormitorio.

—Tendré que sacar la cama del perro y mi ropa del armario. No hay mucho más aquí —comentó Rachel, mirando a su alrededor.

—Y la cruz en la pared.

—Que se quede. Ella puede lidiar con eso. Si sigue siendo budista o lo que sea a lo que se haya convertido recientemente, somos un hogar cristiano. Ella puede lidiar.

—Por mí está bien.

Angie entró en el apartamento de sus padres con una mochila sobre los hombros, dos grandes maletas que llevaba rodando detrás de ella y un pequeño portabebés acoplado a una de las maletas. Lo colocó todo en posición vertical después de cruzar el umbral y se quitó la mochila. Angie era bastante alta para tener dos padres de baja estatura. Sus largas piernas se deslizaban por debajo de los pantalones cortos azules. La camisa a juego, atada por delante, acentuaba su pequeña cintura. Rachel se dio cuenta de que su pelo era rubio y le caía por encima de los hombros. La última vez que la habían visto, era pelirroja. No llevaba mucho maquillaje, aunque no lo necesitaba. Angie era una joven muy atractiva.

—¡Hola, gente! —saludó, expandiendo sus brazos para un abrazo. Por supuesto, el perro, Rufus, irrumpió antes de que los padres pudieran abrazar a su hija. Se metió entre Rachel y Joe, y empezó a arremeter contra Angie, pero se detuvo en seco. Rufus gimió y extendió una pata hacia la mujer—. Ah, qué dulce —señaló Angie, acariciando la cabeza del grandullón. Al labradoodle le encantó la atención y movió la cola frenéticamente.

—¡Oh!, qué bien se comporta. ¿Es este nuestro perro? —preguntó Rachel—. Siempre me ataca cuando entro.

Rufus y Rachel tenían una historia. Rufus siempre se abalanzaba sobre ella cuando llegaba de una de sus noches de fiesta con las chicas. Podría escribir un libro sobre los muchos incidentes que había tenido con él cuando la derribaba, la montaba a horcajadas y luego le lamía la cara con vigor.

—Solo hay que saber manejarlos, mamá —contestó Angie—. Todo es cuestión de energía. Él reconoce mi energía y la respeta. —Siguió acariciando la cabeza de Rufus. Rachel estaba a punto de responder, pero Joe le puso la mano en el centro de la espalda para distraerla. Entonces, ambos padres abrazaron y besaron a su hija, mientras se preguntaban qué iba a traer esa visita y por qué estaba allí—. Vaya, papá, veo que no te ha crecido el pelo —comentó con una gran sonrisa.

Joe tenía más de cincuenta años. Supuso que sus días de tener una cabeza llena de pelo habían pasado hacía tiempo. Tenía una cara bien afeitada, con rasgos normales y pocas arrugas para un hombre de su edad. No estaba ni gordo ni flaco, y tenía una forma física decente.

—Qué bien que te des cuenta.

—¡Mamá, te ves muy bien!

Rachel tenía un aspecto estupendo. Era una guapa morena con un corte clásico que había llevado con flequillo y sin este durante la mayor parte de su vida adulta. A sus cincuenta y tres años y manteniendo su figura, Rachel era tan guapa como su hija.

—Gracias. Tú también—. Rachel dirigió a su hija hacia la sala de estar. —Vamos a ponernos cómodos.

—He estado sentada durante horas, o bien caminando por los aeropuertos. Me alegro de estar en tierra firme.

—¿De dónde has volado? —preguntó Joe.

—California.

—¿Has estado en California todo este tiempo? —inquirió Rachel.

—Oh, no, he estado en muchos lugares, pero más recientemente en California —respondió Angie, sentándose en el sofá blanco.

—Entonces, ¿dónde te has quedado? ¿Qué significa eso? —preguntó Joe.

—Bueno, papá, estuve en Massachusetts, en el Reino Unido, luego en la India, otra vez en Massachusetts y luego en California. Me alojé en ashrams en todos los lugares a los que viajé.

—Ashrams —repitió Rachel sin expresión facial.

—Sí, mamá, ashrams. Perfectamente seguros para estar en ellos. Lugares sagrados, ¿sabes?

—Sé lo que es un ashram. No sé por qué vivías en ellos. Y, por supuesto, no te has comunicado con nosotros durante al menos nueve meses. Lo último que supimos es que estabas en Estados Unidos. No sabíamos nada del Reino Unido ni de la India.

—Bueno, mamá, no creía que tuviera que consultar a mis padres cada vez que decidiera viajar —planteó Angie, con una expresión de exasperación en su rostro—. Tengo veinticinco años.

—Tu edad no tiene nada que ver con esto —replicó Joe—. Cuando estás en un país extranjero, necesitamos saberlo, por si pasa algo o desapareces.

Angie se echó el pelo largo por encima del hombro con el ceño fruncido.

—Mira, no pasó nada; no iba a pasar nada. Estaba perfectamente a salvo, fin de la historia.

—Allá vamos —murmuró Rachel, recordando lo obstinada e ingenua que podía ser su hija.

—Angie, no puedes vivir de forma tan irresponsable que te pongas en peligro —objetó Joe.

—No estoy siendo irresponsable. ¡Caramba, papá! —Angie se puso de pie—. Esperaba que ustedes, después de mudarse a este condominio, se relajaran un poco. Pero los dos siguen tan tensos...

Rachel decidió sentarse y dejar que Joe manejara las cosas.

—Angie, somos tus padres. Nos preocupamos por ti, siempre lo haremos. Si eso es ser tenso, bueno, supongo que será mejor que te acostumbres. Si no te gusta cómo actúan tus padres, puedes vivir en otra parte.

—No, no puedo. No tengo ningún otro sitio adonde ir ahora mismo. Están atascados conmigo por un tiempo. —Angie lanzó una sonrisa tierna a su padre—. Además, sé que me echaron de menos.

Rachel no estaba tan segura de que esa última parte fuera cierta. No echaba de menos el caos que Angie solía crear en sus vidas. Ella quería una vida tranquila y pacífica. Todas las personas singulares que vivían en ese condominio para mayores de cincuenta años que administraba eran suficiente entretenimiento y caos para ella. Al menos no vivían bajo su techo.

—Vale, ¿qué te parece si llevamos tus maletas a tu habitación? —sugirió Rachel.

—Yo llevaré las maletas —anunció Joe, levantándose.

—Papá, ahora las maletas tienen ruedas —indicó Angie—. Ruedan.

—Como sea —respondió Joe con un gesto de la mano.

Cuando los tres se acercaron, se oyó una fuerte protesta desde la zona donde se habían dejado las maletas.

—¿Qué fue ese ruido? —indagó Rachel.

—Oh, solo es Precious —contestó Angie.

—¿Qué es precioso? —inquirió Joe.

—*Precious*, no precioso; es mi gata.

—¿Tienes un gato? —preguntó Rachel.

—Sí. ¿Es eso inusual? Siempre he tenido gatos, desde la infancia. Ya lo sabes. Los gatos son mi pasión.

—Nunca mencionaste un gato —señaló Joe—. No sabíamos de un gato.

—Entonces, ¿cuál es el problema? Ustedes tienen mascotas —planteó Angie, acariciando la cabeza de Rufus, que estaba a su lado.

—Hay un límite en el número de animales que podemos tener en una unidad, Angie —explicó Rachel—. Yo administro este condominio. No puedo tener más animales de los que tengo actualmente. Un perro, un gato. Punto.

—Bueno, no estaré aquí mucho tiempo, tal vez, así que no debería ser un problema. Me iré antes de que sea un problema.

Rachel tenía dudas al respecto.

—También hay un límite en el tiempo que puedes visitar, ya que no tienes cincuenta años —agregó Joe.

—Caramba, ¡cuántas reglas! ¿Cómo lo soportan?

Joe miró a su mujer y decidió no responder.

—Bien, vamos a llevar el equipaje a tu habitación —propuso Rachel.

Los tres desfilaron por el pasillo hacia el segundo dormitorio. Joe tiró de las maletas detrás de él y luego las colocó sobre la cama matrimonial. Angie se encargó de la mochila y el portabebés con Precious dentro.

—Oh, esto es bonito —expresó Angie cuando entró en el dormitorio—. Me gustan las suaves paredes de color aguamarina.

—Y tu baño está allí, justo después de la encimera y el lavabo —indicó Rachel, señalando el pasillo.

—Bonito. Privado —comentó Angie.

—Sí, lo es. Y espero que lo mantengas todo bien mientras estés aquí.

—¡Oh, mamá, no tengo cinco años! —exclamó Angie. Rachel

no hizo ningún comentario. A veces parecía que su hija se comportaba como una niña de cinco años—. ¿Y la caja de arena dónde está?

—Muy convenientemente, en tu baño —contestó Rachel—. Muéstrasela a tu gata. Ahora tendré que colocar otra en el otro baño para Benny. Sugiero cerrar la puerta al final del pasillo hasta que podamos hacer conocer a todos los animales.

—Buena idea, mamá. Dejaré salir a Precious cuando te vayas.

—De acuerdo, entonces. Te dejaremos desempacar y descansar si quieres. —Rachel se dio vuelta para irse.

—Gracias a los dos —expresó Angie. Sonaba sincera.

—Te veremos más tarde —señaló Joe.

DOS

DESPUÉS DE QUE Angie desempacara y descansara brevemente, se hizo el primer intento de presentar a Precious al resto de los animales que vivían en el condominio. Comenzaron colocando a Precious, que estaba en su transportín, en el centro de la sala de estar. La gata empezó a gruñir suavemente cuando Rufus se acercó. Nadie había visto a Benny desde que Angie había llegado. Típico de un gato; Benny estaba, sin duda, escondido.

—Rufus, esta es Precious —anunció Rachel, sujetando el collar de Rufus mientras lo colocaba delante del transportín.

Precious soltó un horrible gemido y empezó a escupir a Rufus desde detrás de los barrotes del transportín. Rufus retrocedió, como si no estuviera seguro de lo que había dentro. ¿Quizás nunca había experimentado un rugido semejante por parte de otro animal? Rachel se alarmó por la reacción de la gata. Rufus, aunque de gran tamaño, era un verdadero pelele. No haría daño a nada que caminara ni que se arrastrase.

—Oh, Dios —exclamó Rachel.

—No te preocupes. Precious es una muñeca —aseguró Angie. Rufus no estaba tan seguro. Rachel tampoco lo estaba.

Joe se quedó mirando cómo se desarrollaba la escena. Entonces, el perro se acobardó, mirando el transportín y a la bruja que había dentro desde una distancia de metro y medio—. Debería dejarla salir para que conozca a Rufus.

—¿Estás segura? —preguntó Rachel—. Parece que no le gusta la idea de conocer nuevos amigos.

—Oh, no hay problema. —Angie levantó el gancho del transportín. Abrió la puerta de la jaula, y un esponjoso gato persa blanco salió brincando, lleno de actitud.

Precious observó brevemente su entorno y, a continuación, dejó su abundante trasero en el suelo. Hizo un pequeño sonido parecido a un "prrr" que hizo que Rachel sintiera que todo estaba bien. Hasta que no lo estuvo.

Rufus, que seguía a un metro del transportín, se puso de pie y soltó un fuerte graznido, al que Precious se opuso, dejando escapar su propia respuesta vocal para transmitir su desagrado. Siseó y escupió en dirección al gran perro que, inmediatamente, se acobardó en el suelo de nuevo. Precious comenzó a gruñirle a Rufus, acercándose a él de manera amenazante.

—¡Espera! —gritó Rachel, agitando las manos.

—¡Oye, deja a Rufus en paz, gato! —exclamó Joe, acercándose a los dos animales. Se colocó entre la gata y el perro, esperando frustrar cualquier agresión.

—Gente, está bien —los tranquilizó Angie—. Es inofensiva. —Se agachó, levantó a Precious y se apartó de Rufus con la gata en brazos—. La llevaré a mi habitación hasta que Rufus se adapte. —Llevó a Precious a su dormitorio y cerró la puerta tras ella. Poco después, volvió a estar con sus padres—. Todo está bien; no es gran cosa. —Mientras Angie no reconocía ningún problema, sus padres tenían otra opinión. Joe y Rachel intercambiaron miradas, no muy seguros de que todo estuviera bien—. Entonces, ¿cuándo comemos?

—Ahora mismo —contestó Rachel, pasando a otros asuntos —. Ve a la mesa, todo está listo.

Todos se sentaron a la mesa, que ya estaba preparada para la cena, y Rachel sacó la comida. Joe dio las gracias.

—¿Cuáles son tus planes mientras estás aquí? —preguntó Joe mientras le pasaba la gran ensaladera a Angie.

—No estoy totalmente segura. Necesito tiempo para pensar, para meditar sobre mi futuro —contestó, echando ensalada en su cuenco—. Estando tan cerca de la playa, la paz que trae, debería recibir mis respuestas. —Angie le pasó el cuenco grande a su madre.

Rachel reprimió un comentario, y aceptó en silencio el cuenco. Eso era tan típico de Angie... Nada había cambiado. Seguía en su mundo de fantasía, con la cabeza en las nubes y sin sentido de la orientación.

—¿Cuánto crees que tardaremos en recibir esas respuestas? —preguntó finalmente Rachel.

—No existe el tiempo en el universo. Se tarda lo que se tarda —contestó Angie.

Rachel oyó a Joe dar un pequeño suspiro desde el otro lado de la mesa.

—Bueno, preveo que el universo responderá a tus necesidades rápidamente, comprendiendo que tus padres no van a financiar tus meditaciones durante mucho tiempo —afirmó y se llenó la boca con un tenedor de ensalada.

—Oh, papi, eres tan tonto... —expresó Angie, riéndose. Siempre utilizaba el entrañable término de *papi* cuando quería algo o intentaba suavizar un asunto—. Puede que incluso vuelva a la escuela.

—¿Y estudiar qué? —preguntó Rachel—. Has sido una estudiante perpetua durante años. Que yo sepa, no has tenido un trabajo de verdad.

—La vida no consiste en ganar dinero, mamá. —Angie puso los ojos en blanco, una costumbre de su madre.

Joe lanzó una rápida mirada a su mujer, y ella resistió el impulso de hablar, tragándose las palabras con lechuga.

—Lo que tu madre quiere decir es que, en algún momento de la vida, todo el mundo tiene que mantenerse a sí mismo. Nosotros no podemos mantenerte —argumentó Joe—. No vamos a pagar más escuela, el alquiler de un apartamento, tu ropa, nada más. Tienes que empezar a cubrir tus propios gastos.

Un ligero ceño se formó entre los ojos de Angie.

—Pero, papá...

—Sin peros, Angie. —Rachel encontró su voz—. Consigue un trabajo, ahorra tu dinero y múdate. Es hora de que el pajarito vuele.

Angie bajó el tenedor, mirando de un padre a otro para ver cuál era el más débil. Ambos mantenían expresiones firmes mientras masticaban su ensalada. Entonces, se centró en su padre, el habitual eslabón débil.

—Papá, encontrar un trabajo podría llevar algún tiempo. Como dijo mamá, no he tenido un trabajo de verdad, así que podría ser difícil conseguir uno —planteó, mirándolo fijamente.

—Es cierto. Pero mientras estés buscando un trabajo sin descanso, lo entenderemos. Sí, puede que te lleve un poco de tiempo conseguir uno bueno —aceptó Joe—. Así que, mientras tanto, consigue un trabajo en McDonald's o Wal-Mart para mantenerte.

Los ojos de Angie se abrieron de golpe, sorprendida. Su padre nunca le había hablado de esa manera.

—¡Pero, papá! ¿Dar vuelta hamburguesas? No puedes hablar en serio.

Joe miró a su hija con serenidad y habló con calma:

—Hay gente a la que le encantaría tener un trabajo como volteador de hamburguesas. ¿Y sabes por qué? Porque necesitan el dinero para sobrevivir —replicó Joe, y volvió a mirar su ensaladera—. Como tú.

La sala se quedó muy tranquila. El único ruido era el de la ensalada crujiente.

TRES

RACHEL SE SENTÓ en la silla detrás de su escritorio, encantada de estar en su despacho. No era un despacho grande, pero tenía el tamaño suficiente para acomodar varios archivadores, su mesa y su silla, y la silla de invitados colocada delante. Detrás de ella estaba la mini nevera donde guardaba las botellas de agua. Todas las paredes, excepto una, eran de vidrio, lo que le daba la ventaja de ver a quien se acercaba, ya fuera desde fuera o desde dentro del edificio. Se puso alegremente la gorra de administradora de condominio y se deshizo del sombrero de madre. Fuera lo que fuera que trajera el día, estaba ansiosa por recibir cada acontecimiento.

LuAnn Riley fue la primera en entrar por la puerta. Su pelo rubio le caía por encima de los hombros, como cabría esperar de una cantante de country. Podría haber pasado por la hermana de Dolly Parton, ya que tenía una cara similar con una figura que hacía juego. Y las uñas largas.

—Hola, cariño.

—Toma asiento —invitó Rachel, señalando la silla frente al escritorio—. ¿Qué pasa?

—Quería saber si tú y Joe querrían venir a escucharme

cantar este fin de semana y conocer a Derks. —Su bonita cara brillaba de alegría.

Derks Ford era el novio de LuAnn. Eran bastante nuevos como pareja, pero la situación parecía prometedora, según LuAnn.

—Creo que podemos hacerlo —contestó Rachel—. ¿Te importa si llevamos a Angie?

—¿Quién es Angie?

—Nuestra hija. Está de visita.

—Oh, cariño, eso sería maravilloso. Vengan y traigan a Angie. Lo pasará bien.

—Sí, creo que lo disfrutaría.

—¿Cuánto tiempo estará de visita?

—Esa es una muy buena pregunta —señaló Rachel con un suspiro—. No tengo ni idea.

—Oh, una de esas situaciones. —LuAnn asintió con la cabeza como si lo entendiera. Aunque había estado casada tres veces, no tenía hijos.

—Sí, pero Joe está realmente de acuerdo esta vez. No creo que ceda a sus caprichos.

—No hay nada como una hija que le bate las pestañas a su papi. Siempre funciona —afirmó LuAnn—. Lo hizo para mí.

—¿Nos encontraremos más tarde en la casa club? —preguntó Rachel.

—Estaré allí a las cinco. Tengo que hacer algunos recados y luego me haré las uñas. —LuAnn extendió una mano y movió los dedos.

—Nos vemos entonces.

Apenas se cerró la puerta, Ruby Moskowitz entró en la oficina. Era la residente más extravagante del edificio. Su ropa preferida era un traje de baño que dejaba al descubierto todo lo que nadie quería ver. A la edad de noventa y tantos años, lo único que tenía para exponer eran las extremidades flacas adornadas por articulaciones nudosas con piel arrugada como cobertura. Con el pelo rojo encendido amontonado en la parte superior de la cabeza y el lápiz de labios rojo, era todo un espectáculo para la vista mientras se pavoneaba alrededor de la piscina, haciendo su mejor paseo de modelo.

—Hola, Ruby —saludó Rachel. La anciana le caía bastante bien, a pesar del fuerte olor a gardenia que la seguía a todas partes. Aunque la mayoría de las residentes pensaba que era descarada, sobre todo por sus celos, Rachel conocía su lado compasivo.

—Hola. Solo quería que supieras que Loretta está mal. —Por la forma en que Ruby hizo su declaración, a Rachel le pareció que estaba más que preocupada.

—¿Qué le pasa?

—Bueno, no estoy segura —respondió ella, sentándose en la silla frente al escritorio—. Tose mucho. Le dije que fuera al médico, pero no quiere. Odia a los médicos; dice que, en su lugar, tomará un medicamento para la tos.

—Una mujer de su edad no debería andar con una tos.

—Lo sé. Se lo dije.

—¿Quieres que hable con ella?

—Todavía no. Si no puedo hacérselo entender, te lo haré saber.

La puerta del despacho se abrió, y Joe asomó la cabeza.

—Para que sepas, el nuevo inquilino se está mudando al octavo piso.

—Vale, gracias, Joe —respondió Rachel, y se volvió hacia Ruby.

—Así que voy a recoger un poco de sopa de fideos y pollo para Loretta —continuó Ruby, poniéndose de pie—. No puede hacer daño, y podría ayudar.

—Buena idea, Ruby. Mantenme informada, ¿de acuerdo?

—Lo haré.

Cuando Ruby se fue, Rachel se quedó pensativa. Loretta era una mujer elegante de unos ochenta años. Era una buena mujer cristiana con un pasado que nadie habría adivinado por las apariencias actuales. Loretta había sido una detective de alto nivel en Nevada. Ruby era su informante confidencial, que aportaba información importante sobre la élite influyente con la que se relacionaba debido a su prominencia como modelo.

Las mujeres no se habían visto en décadas. Ruby se había alejado deliberadamente porque temía las repercusiones de algunos de los liberados de la prisión, que podrían ir a buscar a Loretta. Luego, cuando Loretta se había mudado casualmente al mismo piso, Ruby había vuelto a tener miedo de ser descubierta y había seguido evitándola. No había sido hasta hacía poco que se habían hecho muy amigas, e incluso habían hecho un crucero por Hawái juntas. Rachel respetaba mucho la sabiduría de Loretta y le había pedido consejo en el pasado.

—Basta —expresó Rachel en voz alta. Tenía trabajo que hacer.

Subió en el ascensor hasta el octavo piso, donde el nuevo inquilino se estaba mudando a un apartamento. Y no era un apartamento cualquiera. Era el mismo en el que había vivido su amiga Eneida, hasta que había sido asesinada. En esa unidad. La Policía había tardado semanas en autorizar la entrada. Los propietarios del condominio habían acabado por embargarlo y habían tenido que pagar las reformas. Después de haber reparado la pared en la que se había retirado una parte como prueba y de haberla pintado, se había retirado la moqueta y se habían instalado baldosas en su lugar. Rachel se preguntaba si alguna vez se alquilaría o se compraría.

Salió del ascensor y se dirigió a la pasarela que se extendía al exterior a través de cada una de las doce plantas del condominio. Era una pasarela abierta con una valla de hierro para evitar que alguien cayera. Al instante, vio el movimiento de personas que entraban en la unidad anteriormente vacía. Varios hombres levantaban muebles y cajas. Parecía que se había contratado a un equipo profesional para llevar a cabo esa mudanza para el nuevo residente.

Rachel se acercó a la puerta donde se desarrollaba toda la acción, y un joven asomó la cabeza. Era moreno, bien afeitado y bastante guapo. Llevaba una camiseta negra, vaqueros negros y era de cuerpo delgado.

—Hola, soy Rachel Barnes, la administradora del condominio —se presentó, extendiendo su mano hacia él.

—Sí, genial, soy Josh —respondió, extendiendo su mano también—. Josh Brigham. Me estoy mudando ahora. —Le sonrió. Era alto, mucho más alto que Rachel.

—¿Va todo bien? —preguntó ella.

—Oh, sí, ¿qué podría estar mal? —Josh le sonrió ampliamente.

—Espero que nada. Si tiene algún problema, hágamelo saber. Mi oficina está en el primer piso.

—No preveo ningún problema. Gracias por preocuparse.

—No hay problema, Josh. —Ella se dio vuelta para irse.

La impresión inmediata de Rachel fue la de un joven muy educado. Sin embargo, al ser joven, esperaba que su comportamiento juvenil no se convirtiera en un problema. No pudo evitar preguntarse por qué se mudaba a un condominio para mayores de cincuenta años. ¿Quizás era el hijo del nuevo residente, y lo estaba ayudando a mudarse? No lo sabía, así que decidió hablar con el presidente de la junta directiva del condominio y con el propio solicitante. Cuando volvió a su despacho, sacó la solicitud de residencia y llamó al solicitante, John Brigham.

—Sí —atendió una voz masculina.

—Hola, soy Rachel Barnes, la gerente de los condominios Breezeway, a los que se va a mudar.

—Vale, sí. —Hizo una pausa, esperando su respuesta.

—Bueno, hoy conocí a un joven que imagino que es su hijo. Su nombre era Josh. —Rachel no escuchó ninguna respuesta a su pregunta, así que continuó—: De todos modos, fue muy educado y, supongo, supervisó la mudanza. No lo he conocido, personalmente, señor Brigham, solo tengo el papeleo aquí en mi escritorio que muestra que usted compró una unidad. Supongo que es su hijo. Quiero decir, a los menores de cincuenta años no se les permite comprar una unidad de condominio aquí.

Hubo un breve silencio antes de que el hombre hablara.

—Ese es mi condominio. Pero no hay necesidad de preocuparse, jovencita.

—¿Qué?

—Estaré en la ciudad en unos días. Josh se está encargando de todo, así que no se preocupe —respondió el hombre.

—Solo preguntaba...

—Como he dicho, estaré en la ciudad pronto. Josh se encargará de todo en mi ausencia, así que no hay razón para su preocupación. Estoy deseando conocerla.

Y con eso, el hombre colgó el teléfono.

Rachel se sentó en su silla, sin saber qué hacer con la conversación. Le gustaría que el presidente del condominio fuera más comunicativo en esos asuntos. ¿Cómo iba a saber lo que ocurría con las ventas de las unidades si no estaba informada? Se trataba de una situación única en la que la comunidad de propietarios había ejecutado la hipoteca de la unidad y la había revendido. No se le había informado sobre los nuevos propietarios, salvo para saber los nombres y la fecha aproximada de llegada.

La siguiente llamada que hizo Rachel fue al presidente de la junta directiva del condominio, Charles Amos.

—Hola, Rachel. ¿Qué puedo hacer por ti hoy? —Charles sonaba alegre.

—Mi llamada es con respecto a los Brigham. El hijo está mudando todo hoy. Su nombre es Josh. También hablé con el padre, John Brigham, por teléfono. No tenía claro los arreglos, dado que somos un condominio para mayores de cincuenta años. Josh es, obviamente, mucho más joven. Su nombre tampoco figura en los formularios como propietario.

—No hay que preocuparse, Rachel. Todo se ha solucionado.

—¿Qué significa eso?

—Significa que no te preocupes —repitió Charles.

¿Qué estaba pasando? Dos hombres en un corto período de tiempo le estaban diciendo que no se preocupara por los detalles de esa unidad. ¿Qué tenían de especial los Brigham?

—No entiendo el secretismo que rodea a esta unidad.

—No hay ningún secreto, Rachel. El señor Brigham llegará pronto a la ciudad. Josh trasladará a su padre a la unidad. Fin de la historia.

—Bueno, está bien —aceptó ella. Pero no creía que ese fuera el final de la historia. Había algo sospechoso en todo eso.

A Rachel le pareció especialmente extraño que alguien comprara una unidad en la que se había cometido un asesinato, sobre todo cuando había otras unidades disponibles. La ley exigía que se informara a los posibles compradores. ¿Quién querría una vivienda en la que se había cometido un asesinato, un asesinato espantoso, nada menos? A no ser que fuera un funerario o Stephen King.

CUATRO

PENÉLOPE HARDWOOD ENTRÓ en el despacho de Rachel. Se giró para hablar con alguien que todavía estaba en el pasillo.

—Espérame —pidió, y luego se volvió hacia Rachel.

—Buenos días, Penélope.

Penélope era una mujer dulce y residente desde hacía mucho tiempo en el condominio Breezeway. También era la espía de Rachel. Cada vez que alguien se portaba mal, Penélope tenía una extraña manera de estar presente para luego informar del incidente a Rachel.

—Sí, es un buen día, ¿no? —respondió Penélope—. Tengo mi cuota del condominio aquí. —La anciana colocó un cheque sobre el escritorio de Rachel, y lo deslizó hacia ella con un dedo huesudo. Nadie la había visto nunca vestida con más que un vestido sencillo y un pesad cárdigan ceñido al cuerpo. Incluso en las habituales temperaturas de treinta y cinco grados de Florida. Ese día no era una excepción.

—Gracias —expresó Rachel—. ¿Quién está en el pasillo?

—Oh, es solo Alfred. Todavía no tiene su cheque listo.

Alfred Thorn era un hombre mayor que solía llevar chaquetas

ligeras, lo que le daba un aspecto formal para Florida. Tenía el pelo muy blanco, que elegía llevar crecido cerca del cuello, y unas cejas blancas muy pobladas, que Rachel ansiaba recortar. Al parecer, Alfred y Penélope se habían hecho amigos, para sorpresa de Rachel. Penélope era muy correcta, por lo que Rachel supuso que la apariencia formal de Alfred había sido un factor de atracción.

—Puede entrar —sugirió Rachel.

—No, puede esperarme —replicó ella—. Ya he terminado aquí de todos modos.

—Bien, que tengas un buen día, Penélope.

—Lo haré. Tú también, querida —expresó, abrochando su cárdigan azul. Salió al pasillo donde Alfred esperaba con paciencia. Evidentemente, al tener una idea de última hora, Penélope regresó—. Deberías saber que esa viuda está dando un espectáculo.

—¿Cuál viuda? —preguntó Rachel.

—La del sexto piso, Ethel Borenstein. La del pelo azul rizado.

—Oh, esa viuda. ¿Qué está haciendo?

—Para empezar, está con Ruby en la piscina.

—¿Qué hay de malo en eso?

—Bueno, no está bien vestida. Lleva trajes de baño de dos piezas, normalmente morados.

Ethel no medía ni un metro y medio y era tan redonda como alta. Su afición a llevar trajes de baño reveladores comenzó después de que su marido muriera y ella empezara a ser amiga de Ruby. Rachel comprendía la opinión de Penélope sobre el atuendo de la anciana. Parecía una mini-luchadora de sumo con la carne ondulada, que le colgaba por todas partes.

—Penélope, no tenemos normas sobre la vestimenta de los residentes. Si Ethel quiere llevar trajes de baño morados de dos piezas, puede hacerlo. —¿Quizás el color acentuaba su pelo azul?

La anciana estiró su cuerpo cubierto con el cárdigan con aire de superioridad, mirando de reojo a Rachel.

—Bueno, a mí no me atraparían ni muerta con lo que ella lleva puesto. Es indecoroso.

Rachel estuvo de acuerdo en silencio, pero no compartió su opinión. Sabía que a Penélope no la atraparían ni muerta llevando ningún tipo de ropa reveladora, y mucho menos un traje de baño de dos piezas.

—Tal vez pueda sugerirle que use un tapado cuando salga en público —ofreció Rachel.

—Como mínimo —señaló Penélope, y luego se dio vuelta para marcharse.

Ethel había vivido en el condominio durante muchos años con su marido. Después de su muerte, parecía actuar como una mujer libre. Parecía vivir a su antojo, salir con otras mujeres, hacer nuevos amigos (como Ruby) y pasar el rato en la piscina con trajes de baño pequeños. Rachel no iba a decirle cómo debía vestirse. Eso era una prerrogativa de la anciana. Pero tal vez podría sugerirle que se cubriera.

—¿No tienes vino en la casa? —preguntó Angie mientras rebuscaba en la nevera—. No veo ninguno aquí.

—No, no tenemos alcohol en la casa —contestó Rachel, mirando por encima del hombro desde la encimera de la cocina.

—El vino no es alcohol. No es licor, es vino. Solo vino —afirmó Angie con autoridad.

—En realidad, Angie —Rachel se volvió de la encimera donde estaba preparando una ensalada para la cena—, el vino y la cerveza tienen contenido de alcohol. Quizá no tan alto como el de los licores, pero está presente. Puedes emborracharte tanto con vino como con vodka, por ejemplo.

—¿En serio? Mmm... ¿Desde cuándo te has convertido en

una experta en la materia? —preguntó Angie, sentada en la mesita de la cocina.

—Desde que descubrí que soy diabética. Tuve que aprender todo tipo de cosas sobre la alimentación adecuada para mi condición. —Era la primera vez que mencionaba su enfermedad a su hija.

La expresión de Angie cambió tras escuchar que su madre era diabética.

—¿Tú?, ¿diabética? —inquirió con asombro.

—Sí. Por desgracia. Casi me ahogo en la bañera debido a la diabetes. Tu padre me encontró justo a tiempo y fui a urgencias. Ahí me diagnosticaron, pero tenía mis sospechas. —Rachel se volvió a la tarea que hacía sobre la encimera—. Si hubieras llamado a casa de vez en cuando, te lo habría dicho.

—Lo siento. Vaya. Diabética. ¿Así que no guardas alcohol de ningún tipo en la casa por esa razón? —preguntó Angie.

—Correcto. Tu padre no bebe, yo no bebo, así que, ¿por qué tener algo en casa? —planteó Rachel.

—Lo entiendo. De acuerdo, no es gran cosa. De todos modos, rara vez bebo —comentó Angie, levantándose—. Voy a alimentar a Precious.

Angie abrió la puerta del pasillo y encontró a Precious de pie justo en la apertura. Viendo que esa era su oportunidad de escapar, la gata saltó hacia la libertad. Atravesó el comedor y se dirigió directamente al dormitorio de Joe y Rachel, donde desapareció bajo la cama. No tardó mucho en producirse una conmoción porque también allí estaba Benny.

Angie y Rachel corrieron hacia el ruido que provenía de debajo de la cama, donde ambos gatos lanzaban siseos y gruñidos. Ese era el primer encuentro de Benny con Precious. Debajo de la cama era su territorio, y dejó claro su disgusto por la invasión: sus gruñidos se hicieron más fuertes acompañados de rugidos. Toda la conmoción hizo que Rufus entrara en el dormitorio para investigar. Comenzó a ladrar hacia el alboroto.

—Precious, sal de ahí —ordenó Angie, levantando el rodapié de la cama mientras se asomaba por debajo de este—. Ven aquí.

—Benny, sé amable —pidió Rachel con voz severa—. Conoce a tu nueva amiga.

—¿Nueva amiga? ¿Estás bromeando? Se destrozará mutuamente —chilló Angie.

—Voy a buscar una escoba para echarlos —anunció Rachel, y salió de la habitación.

La pelea se intensificó cuando Rachel volvió a la zona de guerra. Dado el sonido de los golpes en el suelo de madera, supuso que habían entrado en contacto físico y que se estaban revolcando debajo de la cama. Al menos, parecía que eso estaba ocurriendo. Mientras tanto, Rufus seguía con su serenata. Rachel metió la escoba debajo de la cama mientras Angie sostenía el rodapié de la cama para que su madre pudiera ver por debajo. Hizo contacto con las bolas de pelo rodantes y las sacó de debajo de la cama. Ambos gatos aparecieron, escupiendo y siseando, y luego salieron corriendo de la habitación en distintas direcciones. Rufus salió detrás, sin saber a qué gato debía perseguir. Rápidamente, se dio por vencido y se tumbó junto a la puerta corrediza que daba al balcón.

Angie dio un grito ahogado:

—¡Mira el pelaje blanco! ¡Mi pobre gata! Oh, mi Precious.

—Cálmate. Salió corriendo, así que no está herida —señaló Rachel—. Solo ha perdido un poco de pelo. No es gran cosa.

—¿No es gran cosa? —Aparentemente, era un gran problema para Angie—. Ella es de raza pura. Tiene papeles.

—Bueno, ella utiliza la caja de arena, al igual que Benny —indicó Rachel—. Precious es un gato. Supéralo.

Angie miró a su madre con expresión de indignación.

—Es mi bebé.

—Bueno, mantén a tu bebé en tu habitación para que no fastidie.

—Precious, cariño. Ya viene mamá —avisó Angie mientras se dirigía a su dormitorio y cerraba la puerta.

En cuanto se cerró, se abrió la puerta principal. Entró Joe.

—Hola.

—Hola —saludó Rachel mientras se dirigía a la cocina—. Te has perdido la gran pelea.

—¿Angie y tú se pelearon?

—No. Precious y Benny.

—Oh. ¿Quién ganó?

—Difícil de decir, aunque Precious perdió algo de pelo —respondió Rachel, metiendo la mano en la nevera para sacar el aderezo de la ensalada—. Precious y Angie están en el dormitorio ahora.

—¿Cómo surgió la pelea?

—Precious se escapó y corrió bajo nuestra cama. Benny estaba allí, naturalmente, así que se produjo la pelea —respondió.

—Oye, ahí es donde Benny duerme la mayor parte del tiempo.

—Lo sé.

Angie salió de su habitación con cara de preocupación.

—Papá, Precious estuvo en una pelea.

—Eso he oído —señaló Joe. Rachel sabía que estaba a punto de ser manipulado.

—Tienes que hacer algo con Benny —pidió Angie, sentándose en la mesa del comedor.

—¿Cómo qué? Vive aquí. —Joe se unió a su hija en la mesa.

—Pero Precious está aquí ahora —planteó Angie.

—Precious es una invitada. Se irá cuando tú te vayas. Tal vez tengas que moverte un poco más rápido para que eso suceda.

—¡Pero papá!

—Vale, ustedes dos, vayan a lavarse las manos; la cena está lista —interrumpió Rachel. Colocó la ensaladera sobre la mesa.

Joe fue a la cocina a lavarse las manos, y Angie, al baño de la pareja.

—Entonces, ¿cómo va la búsqueda de trabajo? —preguntó Joe mientras se sentaba de nuevo a la mesa.

La cabeza de Angie se levantó rápidamente después de sentarse.

—¿Qué búsqueda de trabajo? Estoy preocupada por mi gata.

—La búsqueda de trabajo de la que hablamos cuando llegaste. —Joe se sirvió un poco de ensalada y le pasó el tazón a su mujer—. Se supone que estás buscando empleo.

Angie suspiró cuando aceptó el cuenco de su madre.

—Bueno, no lo he hecho. Solo llegué ayer. Así que he estado en la playa, meditando.

—Ya lo veo. Te ves un poco rosada en la cara —comentó Joe, alcanzando el aderezo—. Mañana quiero que salgas a la calle a buscar un trabajo. Cualquier trabajo.

—¿Cualquier trabajo? —repitió Angie.

—Cualquier trabajo respetable. Incluso si es por el salario mínimo —dijo Joe—. Vamos a dar las gracias antes de comer.

La discusión se detuvo el tiempo suficiente para que Joe diera las gracias.

—¿Como dónde? —preguntó Angie.

—Prueba el centro comercial —sugirió Rachel—. También hay muchos restaurantes en esa zona. Una plétora de oportunidades de trabajo.

Angie miró a su madre a través de la mesa.

—¿De verdad? ¿Quieres que trabaje en el centro comercial?

—Lo hice cuando tenía tu edad. En realidad, era más joven —contestó Rachel, revolviendo su ensalada en el tazón con el tenedor.

Angie miró a su padre.

—¿Papá?

—Es una buena idea. Los restaurantes también lo son. Hay

muchos trabajos por ahí —señaló, sonriendo a su hija—. Muchas oportunidades para ti, cariño.

Angie se llenó la boca de ensalada, masticando en silencio en lugar de discutir con sus padres. Rachel sabía lo que su hija estaba pensando: ¿un trabajo? ¿Trabajar en el centro comercial? La perspectiva de trabajar no atraía a Angie. Nunca había tenido un trabajo de verdad, y Rachel sospechaba que no quería tenerlo. La necesidad no se le pasaba por la mente. Se imaginaba que Angie se conformaba con que sus padres le pagaran todo. Pues bien, eso no iba a ocurrir. No esa vez.

CINCO

DOS DÍAS DESPUÉS, Angie entró en el ascensor en la planta baja. Antes de que la puerta se cerrara, una mano se introdujo entre las puertas para apartarlas. Entró un hombre apuesto. Estaba bien afeitado y tenía el pelo negro cortado por encima de las orejas con un largo flequillo que le cruzaba la frente.

—¿Qué piso? —preguntó ella, mirándolo directamente a la cara.

—Ocho —respondió él, devolviéndole la mirada.

Angie deseó inmediatamente haberse puesto algo más revelador. Pero había estado buscando trabajo, así que llevaba un pantalón negro conservador y una sencilla camisa blanca. Llevaba el pelo recogido en un rodete que dejaba ver los aros de oro que colgaban de sus orejas.

—Estoy en el cuatro —comentó Angie, oprimiendo los dos pisos.

—Así que somos vecinos distantes; cuatro pisos de distancia. Soy Josh Brigham.

—Angie Barnes —se presentó ella, extendiendo su mano hacia la de él.

—¿Barnes? —repitió él, estrechándole la mano—. ¿Alguna relación con la gerente?

Josh iba vestido de negro, excepto por sus sandalias. Tenía unas piernas fuertes que salían de sus pantalones cortos negros, y sus brazos y pecho mostraban músculos recortados bajo la camiseta.

—Es mi madre.

—Qué bien.

El ascensor sonó para indicar que había llegado al siguiente piso.

—Esta soy yo —anunció Angie; salió y se volvió rápidamente —. Nos vemos.

Josh levantó la mano en respuesta.

Angie entró en el apartamento de sus padres.

—Estoy aquí —avisó Rachel desde la cocina.

—Hola —saludó Angie—. Acabo de conocer a un tipo muy guapo en el ascensor.

Rachel repasó en su mente todos los hombres de los que podía imaginar que Angie consideraba guapos. Solo había uno que respondía a esa descripción.

—¿Conociste a Josh?

—Sí. Y es todo un galán.

Rachel entendía cómo Angie podía decir eso. Josh era muy guapo, en su opinión también.

—Precious necesita tu atención —señaló Rachel, desatando el delantal blanco de alrededor de su cintura. Intentaba mantener sus pantalones y top blancos presentables hasta que Joe llegara a casa—. Ha estado arañando la puerta para salir.

—De acuerdo. —Angie se volvió hacia la puerta que separaba el comedor del pasillo—. Mi Precious me echa de menos.

Se agachó al abrir la puerta para evitar que la gata se escapara de nuevo. Empujándola hacia atrás con la mano, se metió entre la puerta y la jamba, e impidió con éxito que Precious tuviera otra cita con Benny.

Rachel salió al balcón para disfrutar del sol de la tarde. Puso los pies en el reposapiés y apoyó la cabeza en el sillón de felpa, tomando una relajante bocanada de aire marino. Desde esa posición, podía ver a los residentes disfrutando de la piscina. Junto a esta, había un precioso jardín, lleno de una gran variedad de arbustos y plantas en flor. Más allá del jardín, estaba la arena y el océano Atlántico. Una vista hermosa y relajante.

Nada le parecía extraño, excepto que Alfred iba detrás de Penélope cuando esta caminaba alrededor de la piscina. En realidad, Penélope nunca se metía al agua, sino que prefería caminar a su alrededor un par de veces al día. Rachel sospechaba que esa era su forma de hacer ejercicio. Ese día, Penélope llevaba un pesado cárdigan rosa mientras caminaba con precaución alrededor de la piscina. Alfred era la parte inusual, no el cárdigan.

Ruby también estaba presente, tomando el sol junto a la piscina con un traje de baño rosa intenso. La piel de la mujer estaba tan bronceada por los años de tomar sol que colgaba de su huesuda estructura, y caía como un papel crepé marrón. Llevaba un sombrero de sol para evitar que su colección de arrugas se multiplicara en la cara. Todo un personaje.

Rachel oyó que la puerta principal se cerraba tras ella.

—¿Joe? —gritó.

—Sí, soy yo —contestó él, mientras colocaba una bolsa de una tienda en la mesa del comedor. Cruzó el piso hasta el balcón, donde estaba sentada Rachel, y se sentó a su lado. Miró a su mujer—. Hola.

—Hola.

—¿Dónde está Angie? —preguntó Joe.

—Aquí, papá —dijo Angie mientras se acercaba al balcón.

—Acompáñanos —sugirió Rachel, señalando la otra silla.

Angie se sentó, y colocó sus pies descalzos en el escabel junto a los pies de su madre.

—¿Has ido a buscar trabajo hoy? —preguntó Joe.

—Sí, lo hice. Todo el día. Igual que ayer.

—Entonces, ¿qué pasó? —preguntó Rachel.

—Bueno, esta no es la época del año para encontrar un trabajo en el comercio minorista, por lo que he descubierto —explicó Angie—. Nada en el centro comercial está contratando, y las pocas tiendas a las que me aventuré fuera del centro comercial tampoco están contratando. El final de la temporada navideña no es el momento de buscar empleo. Así que el comercio minorista está descartado, me temo.

—Lo siento, jovencita —expresó Joe.

—No pasa nada. Tengo un trabajo de todos modos.

—¡¿Qué?! —dijeron ambos padres mientras se sentaban rectos en sus sillas.

—¿Dónde? —preguntó Joe primero.

—En una pequeña hamburguesería en la playa. De propiedad familiar —contestó Angie—. Brian's Burgers.

—Eso no está lejos de aquí —señaló Rachel.

—No, no lo está, y eso es una ventaja. Puedo ir andando al trabajo. —Angie dejó caer la cabeza sobre la silla—. No tendré que pedirte prestado el coche.

—Bueno, Angie, es una gran noticia —celebró Joe—. Estoy orgulloso de ti.

—Gracias, papá.

—Y yo también estoy orgullosa de ti —acotó Rachel.

Angie sonrió para sí misma, evidentemente satisfecha de que sus padres estuvieran orgullosos de ella.

Rachel llamó a la puerta de Loretta y esperó. No esperaba que la anciana de ochenta y seis años se acercara corriendo a la puerta. Cuando Loretta finalmente abrió, Rachel se quedó sorprendida.

La mujer que estaba ante ella, normalmente peinada a la perfección y vestida de forma impecable, no se parecía en nada a eso.

—Buenos días, Loretta —saludó Rachel—. ¿Puedo entrar?

—Por supuesto, querida —respondió la mujer, apartándose para permitir la entrada de Rachel—. Sentémonos en la mesa.

Rachel se acercó a la preciosa mesa de caoba del comedor y tomó asiento en la primera silla. Un hermoso juego de té de plata estaba centrado en la mesa. Rachel pudo ver otras piezas de plata dentro del mueble de porcelana contra la pared. Más lejos estaba la sala de estar, con elegantes muebles de estilo francés. La tela parecía ser de seda blanca. Las paredes estaban adornadas con cuadros originales. La mujer tenía buen gusto.

Loretta se acercó lentamente y se sentó en la cabecera de la mesa. El olor a Vick VapoRub llenó las fosas nasales de Rachel.

—Loretta, Ruby está muy preocupada por tu salud —comentó Rachel—. Hoy ha vuelto a venir a la oficina para decirme que todavía no te has recuperado ni has ido al médico.

Loretta soltó un profundo suspiro, con aspecto cansado, y luego empezó a toser. Su coloración era pálida, sus labios formaron una fina línea en su rostro antes de hablar.

—Tiene buenas intenciones.

—Sé que sí —aceptó Rachel—. Pero no tienes buen aspecto, Loretta. ¿No crees que es hora de ver a un médico y averiguar qué te pasa?

Loretta se recogió la bata púrpura y miró los pompones púrpura que llevaban sus zapatillas. Llevaba el pelo blanco suelto detrás de las orejas y el resto estaba recogido en una coleta descuidada, un estilo que Rachel nunca le había visto llevar.

—Ruby me ha estado acosando para que vaya —explicó, mirando la cara de Rachel—. Supongo que debería ir. Pero odio a los médicos.

—¿Cuánto tiempo llevas sintiéndote mal y tosiendo?

—Unas dos semanas.

—Loretta, es demasiado tiempo para no ver a un médico. Te llevaré yo misma si quieres —ofreció Rachel con suavidad.

—No, querida, tienes mucho que hacer —respondió Loretta, recostándose en la silla—. Haré que Ruby me lleve.

—¿Sigue conduciendo?

—Sí, pero bastante mal —Loretta se permitió una ligera sonrisa—. Pero es capaz de llevarme allí.

—Muy bien, entonces. Eso me hace sentir mejor —aseguró Rachel. Se puso de pie y alisó las arrugas de sus pantalones turquesa con las manos—. Quiero que me llames y que me digas lo que dice el médico.

—Lo haré. Lo prometo —afirmó Loretta, levantándose temblorosamente de la silla.

—Me iré sola, no te molestes, ¿vale? —Rachel extendió su mano hacia la anciana, y tocó su brazo.

—Sí, querida. Gracias por venir. —Y con eso, Loretta le dio la espalda y caminó hacia su dormitorio, obviamente débil—. Pediré una cita —agregó por encima del hombro.

SEIS

RACHEL ESTABA CASI lista para cerrar la oficina cuando entró Ruby. Parecía un poco sin aliento y un poco frenética.

—Ruby, ¿qué está pasando?

—Loretta tiene neumonía —contestó Ruby, desplomándose en la silla—. Está en el hospital. Lo sabía. Sabía que algo malo pasaba.

—Oh, Ruby, lo siento mucho —expresó Rachel, saliendo de detrás de su escritorio—. ¿Qué puedo hacer para ayudar? —Puso una mano en el hombro de Ruby.

—No se me ocurre nada —Ruby sacudió la cabeza—. Simplemente no puedo perder a Loretta, simplemente no puedo.

Esa afirmación le rompió el corazón a Rachel. Haber sido amigas tan cercanas, estar distanciadas durante tantos años, y volver a estar juntas, y luego pasa eso.

—Ruby, todo va a estar bien. De verdad, lo estará —le aseguró. La mujer miró a Rachel con una expresión que mostraba claramente que tenía dudas, y entonces, sus ojos empezaron a llenarse de lágrimas. Rachel se agachó, tomó a Ruby en brazos y la abrazó—. Ruby, Ruby, todo saldrá bien. Ya lo verás. —Dejó que la anciana llorara tranquilamente en su hombro. Al cabo de un rato, Ruby se sentó más erguida, y Rachel tiró de sus brazos hacia atrás y se puso de pie—. ¿Mejor ahora? —preguntó. Amaba a esas dos mujeres. Aunque eran ancianas, se sentía como si fueran sus amigas. Le importaba lo que les ocurriera.

Ruby asintió con la cabeza.

—Mejor. —Se levantó de la silla y se dirigió hacia la puerta. Se dio vuelta antes de salir—. Gracias, Rachel.

—Mantenme informado sobre Loretta.

—Lo haré.

Joe le acercó una silla a Rachel en la mesa redonda más cercana al escenario. Angie se sentó al lado de su madre, y Joe se sentó al lado de su mujer. LuAnn estaba en el escenario cantando en un nuevo lugar, el Brass Rail. Estaba situado junto a la playa, igual que el lugar en el que había tocado anteriormente. No tardó en llegar un camarero para tomar su pedido. Todos pidieron un refresco.

—Es bonita —comentó Angie, colocando un mechón de pelo detrás de la oreja—. Me gusta su ropa.

LuAnn llevaba unas botas negras que le llegaban hasta el muslo y una falda larga de color rosa que fluía por encima. Una abertura en la falda le subía por la pierna por encima de la rodilla. El top que llevaba era de una tela blanca brillante con mangas largas y un escote pronunciado. Las manos de LuAnn tocaban juguetonamente su cabello rubio, que estaba recogido en un peinado despeinado. Rachel se dio cuenta de que sus uñas, excepcionalmente largas, eran del mismo tono de rosa que la falda. Pensó que LuAnn estaba guapísima.

Una vez que terminó de cantar la canción, LuAnn buscó su guitarra detrás de ella. Rachel se rio porque la guitarra era blanca como la nieve con labios de color rosa estampados. Esa era una de las veinticinco guitarras de la colección de LuAnn que utilizaba para acentuar sus trajes. Cuando comenzó a cantar de nuevo, uno de los guitarristas de la banda se adelantó para acompañarla. Era un hombre apuesto, con el pelo rubio y una perilla a juego. Era un poco más alto que LuAnn, delgado, con vaqueros azules y camisa de cuadros. Eran una pareja atractiva, ambos eran rubios y guapos.

—¿Es Derks? —preguntó Joe, inclinándose hacia Rachel.

—Supongo que sí —respondió ella—. LuAnn dijo que toca en esta banda.

—Suenan muy bien —opinó Angie, que sonreía y aplaudía.

Angie tenía razón: las voces de la pareja armonizaban bien. Por eso, desde que empezaron a tocar allí, el público aumentaba cada semana. La banda y LuAnn esperaban que se ampliara su contrato.

Una vez terminado la actuación, LuAnn bajó del escenario, y llevó al hombre de pelo rubio hacia su mesa.

—Hola a todos. Este es Derks —presentó LuAnn, con una sonrisa amplia en su encantadora cara mientras se aferraba al brazo de Derks.

—LuAnn, esta es mi hija, Angie. Ya conoces a Joe. Encantada de conocerte, Derks. —Rachel le estrechó la mano. Joe se levantó para estrechar la mano y saludar al hombre. Le dio a LuAnn un rápido beso en la mejilla. Angie permaneció sentada, sonriendo a todos. LuAnn ocupó la silla restante y Derks permaneció de pie detrás de ella—. Ustedes se ven tan bien juntos... —comentó Rachel—. Y LuAnn, me encanta tu traje. Esas botas son una locura.

—Oh, gracias, cariño —expresó LuAnn—. Es solo algo de mi armario.

—Me gustaría ver ese armario. Yo parezco una chica más del montón —señaló Angie, mirándose a sí misma. Lo único que se había puesto eran unos simples vaqueros azules, unas zapatillas de deporte y una camiseta roja.

—Bueno, tendrás que venir algún día y echar un vistazo a mis trajes —ofreció LuAnn cariñosamente—. Y mi colección de guitarras. —Se acercó para poner su mano en el brazo de la joven.

—La de ahí arriba es bastante espectacular —opinó Angie, señalando hacia el escenario.

LuAnn rio.

—Tuve la loca idea de besar la guitarra por todas partes. Me gustó cómo quedó, así que puse un sellador sobre las impresiones de los labios. *Voilà*, ahí está.

Rachel observaba atentamente a Derks cuando hablaba o reaccionaba ante LuAnn. Parecía realmente cariñoso y respetuoso. Le gustaban las arrugas que se formaban alrededor de sus ojos cuando le sonreía. Tal vez esa relación se mantendría.

Al poco tiempo, Derks y LuAnn volvieron al escenario para interpretar su siguiente tema. Rachel y su familia se quedaron durante la actuación, y luego se fueron a casa.

Como Angie no tenía que presentarse en el trabajo hasta las dos, decidió darse el gusto de tomar sol esa mañana. Con un bonito bikini de lunares azules y blancos, estiró su esbelto cuerpo en la tumbona después de aplicarse protección contra los abrasadores rayos, recogió su larga melena hacia un lado y la dejó caer sobre el borde. Justo cuando cerraba los ojos, oyó el chapoteo de alguien que entraba en el agua. Al abrir los ojos, vio a un hombre que salía de la piscina. Su cuerpo brillaba, y las gotas de agua se pegaban a su piel mientras volvía al trampolín. Angie observó con interés los músculos de su espalda y piernas mientras caminaba y luego subía los escalones hasta el trampolín. Llevaba un bañador negro muy pequeño, que apenas cubría algo. Josh dio un pequeño salto sobre el trampolín antes de sumergirse en el agua. Cuando salió, ella aplaudió.

—¡Bravo! ¡Eso es un diez!

Josh miró a su alrededor para ver quién había gritado. Cuando sus ojos se posaron en Angie, sonrió ampliamente. Se acercó a donde ella estaba recostada y le sonrió. Ella notó que sus ojos recorrían rápidamente su cuerpo.

—Me alegro de volver a verte —expresó él, apartándose el pelo de la cara con ambas manos.

—Lo mismo digo. ¿Quieres sentarte? —lo invitó. Josh alcanzó la siguiente tumbona y la acercó a Angie—. Bonita zambullida —comentó ella, girando la cabeza hacia él.

—Gracias, pero estoy oxidado. No he estado cerca de una piscina, así que necesito la práctica —comentó Josh, mirando hacia ella.

—Bueno, a mí me pareció que estabas muy bien. Yo no salto.

—¿Quieres aprender?

—En realidad no; soy una gallina.

—Ah. Entonces, ¿a qué te dedicas? —preguntó.

—A viajar. He viajado mucho este año. Pero como estoy en casa de mis padres, me dijeron que tenía que conseguir un trabajo —explicó, frunciendo el ceño—. Así que ahora estoy empleada en Brian's Burgers. Hoy es mi primer día. ¡Iuuupiii!

Josh rio.

—Está bien. Podría ser peor.

—Supongo. No estoy acostumbrada a trabajar. He sido una de esas estudiantes perpetuas. —Angie tomó una toalla y empezó a secarse—. Creía que en la India hacía calor. Florida podría rivalizar con ese país.

—¿Has estado en la India?

—Sí, fue genial —respondió ella—. Viví en varios ashrams cuando viajé por allí. Una experiencia increíble.

—Nunca he estado en un ashram.

—Pero ¿sabes lo que es?

—Sí. Un lugar espiritual donde vive un gurú y se puede

meditar y hacer yoga. —Su expresión sugería que quería que ella estuviera de acuerdo con su definición.

—Eso es, prácticamente —señaló Angie—. Hay ceremonias espirituales y satsang, ya sabes, charlas espirituales del gurú... Meditación. Todo es genial.

—¿Así que te gusta la meditación y los gurús? —preguntó él.

—Oh, claro. Es mi pasión. Echo de menos el ashram y al gurú. Vine aquí desde un ashram en California. Eso es prácticamente todo lo que he vivido como adulta, excepto las residencias universitarias.

Josh puso los brazos detrás de la cabeza.

—Nunca he experimentado nada de eso. Ni siquiera en las residencias.

—¿De verdad? ¿No fuiste a la Universidad? —preguntó ella.

—No. Me dediqué a los negocios con mi padre. No hubo necesidad de ir a la Universidad.

—Oh. Pensaba que todo el mundo iba a la Universidad.

Josh le dirigió una mirada peculiar.

—No más que todo el mundo vive en un ashram.

Angie se preguntó si él pensaba que era una malcriada, así que cambió de tema.

—Entonces, ¿qué haces cuando no estás zambulléndote desde trampolines?

—Trabajo. Mi padre viaja mucho, así que me encargo de los negocios aquí cuando él no está.

—¿No puedes viajar con él? ¿O solo?

—Rara vez. Ese no es mi trabajo.

—Oh. —Angie no podía entender por qué no parecía querer viajar. A ella le encantaba—. Entonces, ¿vives aquí en un condominio?

—Por ahora. Cuando papá viaje, yo estaré aquí. —Mantuvo la mirada fija hacia adelante mientras hablaba.

—Cuando esté aquí, ¿dónde estarás tú?

—En otro condominio, haciendo negocios.

—¿Otro condominio? ¿Tienes más de uno?

—Papá tiene condominios por todas partes. Voy al que me necesite.

—Oh. —Angie lo contempló un poco—. ¿Por qué te necesitan?

—Eso es confidencial —contestó, cambiando de posición.

—¿Confidencial? Vale, lo que sea. —Angie pensó que era mejor abandonar esa línea de conversación. Josh no parecía interesado en hablar de su trabajo.

—No quiero ser grosero, pero es confidencial, eso es todo. —Josh cerró los ojos.

—Está bien. No necesito saberlo. ¿Qué hora es?

—No estoy exactamente seguro, pero tiene que ser después de las doce —contestó Josh.

—Ooh, mejor me voy —Angie se sentó—. Tengo que prepararme para el trabajo.

—Sí, mejor no llegar tarde en tu primer día —sugirió él, abriendo los ojos y estudiando a Angie mientras se levantaba con la toalla en la mano—. ¿Tal vez podamos salir alguna vez? —preguntó antes de perder la oportunidad.

Angie sonrió a Josh.

—Me gustaría eso.

—Te contactaré.

—De acuerdo —aceptó ella.

Angie se alejó, sabiendo que Josh la estaba estudiando como ella lo había hecho antes con él.

SIETE

JOE ESTABA en el aparcamiento y vio a un hombre que no reconocía entrando en la zona de los ascensores después de que le abrieron la puerta por el portero eléctrico. Lo siguió para ver en qué planta se bajaba. Le interesó ver que el hombre entraba en la antigua unidad de Eneida. Joe se dirigió al despacho de Rachel para dar un informe. Se sentó en la silla muy femenina, que ella tenía para las visitas. Nunca le gustó la silla porque era incómoda, pero reconocía su valor para fomentar las visitas cortas.

—Hola, Joe.

—Hola —saludó, mientras sacaba un paño del bolsillo para limpiarse el sudor de la parte superior de su calva cabeza—. Acabo de ver al nuevo residente de la ochocientos diez. Ha subido en el ascensor.

—¿Ah, sí? ¿Qué aspecto tenía? —preguntó Rachel, curiosa por el hombre.

—Bueno, pensabas que yo era calvo —comentó Joe con una sonrisa—, pero este tipo es una cúpula de cromo. Ni un pelo en toda la cabeza.

—¿De verdad?

—Sí. Tampoco hay vello facial.

—¿Qué llevaba puesto?

—Un traje de color claro, y una corbata.

—Mmm. No debe ser de Florida —opinó Rachel—. Puede que sea invierno, pero aquí todavía hace calor.

—Eso es lo que pensé. También llevaba un maletín.

—Se supone que es un hombre de negocios. Interesante.

—¿Ocurre algo? ¿Alguien necesita mantenimiento hoy? —preguntó. Joe hacía todo el mantenimiento del condominio. Era un buen acuerdo, ya que le gustaba mantenerse ocupado.

—No, pero sí que pasó algo raro —contestó Rachel—. Estaba repasando la cinta de seguridad para ver si algo parecía fuera de lugar, y ¿adivina qué vi?

—Ni idea, ¿qué?

—¿Recuerdas al hombre que fue visto hace un tiempo con un abrigo largo y un sombrero? Intentaba entrar, pero no pudo hacerlo y alguien pensó que parecía sospechoso —explicó Rachel mientras rebuscaba en un montón de papeles.

—Claro. A todos nos pareció raro porque nadie se viste así en Florida —señaló Joe—. Especialmente en los meses de verano.

—Bueno, ha vuelto a visitarnos. —Rachel sacó la foto de la pila de papeles y le entregó a Joe la imagen de un hombre. El hombre estaba vestido con lo que parecía un abrigo y un sombrero—. Estaba intentando entrar de nuevo, como antes —continuó—. Así que imprimí una foto. La última vez no teníamos cámaras de seguridad.

—¡Vaya! —exclamó Joe, mirando la foto—. Tiene un aspecto sospechoso.

—¿No es así? Yo también lo pensé. —Rachel se alegró de que Joe estuviera de acuerdo.

—¿Qué vas a hacer?

—Pensé en darle una copia al detective France. Le avisamos de este hombre cuando vino la primera vez. Todos pensamos que tenía vínculos con la mafia y con Loretta, ¿recuerdas? —planteó Rachel, tomando la foto de Joe.

—Sí, lo recuerdo. No estaría mal hacerlo. Me pregunto quién es y por qué sigue viniendo por aquí.

—No lo sé. Pero, si tiene que ver con un atentado fallido contra la vida de Loretta, la Policía necesita saber que ha vuelto.

—¿Tal vez sea bueno que esté en el hospital?

—Tal vez —aceptó Rachel, dirigiendo su atención hacia la puerta mientras esta se abría. Entró el nuevo residente.

—Hola, señor Brigham —saludó Rachel, levantándose de su silla para estrecharle la mano—. Soy Rachel; hemos hablado por teléfono. Este es mi marido, Joe.

Joe se levantó para estrechar la mano del hombre y le ofreció el asiento, que él aceptó.

—Pensé que debía presentarme, pero parece que ya sabe quién soy —expresó el señor Brigham—. Puede llamarme *John*.

—Bueno, John, mi marido lo vio entrar en su piso —explicó—, así que fue fácil determinar que era el nuevo propietario.

—Menos mal que Josh estaba en casa para dejarme entrar. Todavía no tengo la llave.

—¿Está todo bien con la unidad? —preguntó Rachel.

—Perfectamente bien. Josh se quedará allí de vez en cuando, mientras estoy de viaje. Tal vez entre viaje y viaje. Charles, el presidente de su condominio, me aseguró que no sería un problema.

—Mientras este no sea su hogar permanente, debería estar bien.

—Bien. —John se puso de pie—. Encantado de haberla conocido, Rachel... y Joe.

John se dio vuelta para salir, y pasó por delante de LuAnn al salir por la puerta.

—¡Hola a todos! —LuAnn entró en la oficina con un vestido largo de color naranja.

—¡Bueno, no te ves genial! —exclamó Rachel. Llevaba algo parecido, pero en un tono azul oscuro.

—¡Y tú también! Deberíamos ir de compras juntas más a menudo —señaló LuAnn, y se sentó en la silla.

—Esa es mi señal para irme —intervino Joe, moviéndose hacia la puerta—. Solo me he quedado porque el señor Brigham estaba aquí.

—Me alegro de que lo hayas hecho, Joe —afirmó Rachel, sonriéndole—. Nos vemos en casa.

Cuando Joe salió de la oficina, LuAnn preguntó:

—¿Qué te pareció Derks?

—Oh, LuAnn, es maravilloso.

—¿No es así?

—Me impresionó mucho. Es tan caballeroso, atento, talentoso... y es guapo. Parece que los dos son el uno para el otro. Dos rubios. Hacen una bonita pareja.

—Oh, estoy muy contenta de que te guste. Realmente, realmente me gusta —aseguró LuAnn—. Espero que esto funcione.

—Yo también.

—También le gustamos al Brass Rail. Están tan impresionados con el público que atraemos que han ampliado nuestra estancia —explicó LuAnn, levantando la mano para enfatizar.

Rachel no pudo evitar fijarse en el esmalte naranja que LuAnn llevaba en las uñas. Consideró que la longitud de las uñas las hacía parecer garras. No podía imaginar cómo se las arreglaba la mujer para hacer algo con las manos. Atar un simple cordón de zapato debía de ser imposible para ella.

—Son muy buenas noticias, LuAnn. Eso significa que seguirán actuando juntos.

—Sí, así es, pero creo que habría ocurrido de todos modos —respondió—. La banda quiere mantenerme como su vocalista principal. Así que, dondequiera que vayan, yo también estaré allí.

—LuAnn, la vida sigue mejorando para ti.

A LuAnn se le llenaron los ojos de lágrimas.

—Oh, se me van a caer las pestañas postizas —protestó, agitando ambas manos frente a sus ojos—. Pero no puedo evitar llorar. Hacía tanto tiempo que no ocurría algo bueno... Dios es tan bueno conmigo...

—Ya lo creo. Seguro que estás en una racha positiva —opinó Rachel—. Me alegro mucho por ti, amiga mía.

—Gracias.

Rachel se relajaba en el balcón después de asistir a una clase de estudio bíblico. Había disfrutado mucho con el conferenciante y se sentía renovada de nuevo. Mientras estaba sentada en su cómodo sillón, dejó que sus ojos vagaran. Al hacerlo, vio una extraña escena cerca de la zona de la piscina. Una pareja paseaba, de la mano, por la zona ajardinada junto a la piscina. Pero no era una pareja cualquiera.

Rachel se levantó y apoyó las manos en la barandilla mientras miraba a la pareja.

—¡No puede ser! —exclamó en voz alta.

Cuatro pisos más abajo, Rachel vio a Penélope y a Alfred tomados de la mano mientras paseaban por el jardín. ¡Penélope y Alfred! De vez en cuando, uno o el otro miraba con adoración al otro. Rachel se quedó boquiabierta. Los dos ancianos tenían un carácter bastante opuesto. Alfred se había casado y divorciado cuatro veces y, al parecer, tenía hijos, aunque Rachel nunca había visto que alguno fuera a visitar al anciano. En cambio, Penélope era una solterona muy correcta. Por lo que Rachel sabía, la mujer nunca se había enamorado. Qué pareja tan extraña.

Joe entró en el condominio, y Rufus corrió de estar a los pies de Rachel para saludarlo.

—¡Bien, Rufus! No has saltado. —Joe le dio una palmadita en la cabeza a modo de elogio.

—Joe, ven aquí y mira.

—¿Qué está pasando?, ¿alguien está arrojándose de bomba desde el trampolín? —preguntó.

—No. Mira —Rachel señaló hacia abajo a Penélope y Alfred.

—Increíble —opinó Joe, poniéndose al lado de Rachel—. La extraña pareja.

—Tienes razón.

Observaron cómo Penélope se pegaba el cárdigan al cuerpo con una mano, mientras la otra seguía agarrada a la de Alfred.

—¿Cómo sucedió eso? —preguntó Joe.

—No me lo imagino. Los he visto juntos, pero nunca tomados de la mano. Pensé que eran solo amigos.

—Un romance de la tercera edad. Qué dulce.

Rachel miró a su marido mientras consideraba su declaración.

—Supongo que sí.

—Ciertamente, no hay nada malo en ello.

—Supongo que no. Solo son peculiares, especialmente ellos dos. —Oyeron que la puerta principal se cerraba tras ellos cuando Angie entró. Rufus la saludó rápidamente moviendo la cola y con la lengua caída—. Oye, estamos aquí —gritó Rachel.

Angie se acercó al balcón, tratando de no tropezar con el afán de Rufus.

—¿Qué tal el trabajo? —preguntó Joe, sentándose en una de las sillas.

—Un día corto, solo de entrenamiento —respondió Angie, sentándose en otra silla.

—Pero ¿te ha gustado? —preguntó Rachel, ya cómoda en su silla de nuevo.

—Es demasiado pronto para saberlo. Pero puedo ver que va

a ser duro para mis pies. Todos los suelos son de baldosas. Y hace calor en la cocina. Caramba, siempre hace calor.

—Es una cocina, Angie —le recordó Joe—. Va a hacer calor.

—Bueno, lo hace. Y sucia. No sucia como en suciedad, sino grasienta y con basura de comida por todas partes —señaló Angie, soltando su cola de caballo en la parte superior de la cabeza; luego, se llevó un mechón bajo su nariz—. Necesito otra ducha. Mi pelo huele a grasa.

Rachel miró a su marido, preguntándose cuánto tiempo aguantaría Angie en su nuevo trabajo. Él le devolvió la mirada, obviamente pensando lo mismo.

—Ve a ducharte y yo empezaré a preparar la cena. —Rachel se levantó de la silla, mirando a su hija—. Estoy orgullosa de que hayas conseguido un trabajo.

Angie miró a su madre y sonrió suavemente.

—Es agradable escuchar que estás orgullosa de mí.

Rachel le dio una palmadita cariñosa en la parte superior de la cabeza y se dirigió al interior.

Angie la siguió, caminando por el pasillo hacia el baño, y cerró la puerta detrás de ella. Pero el pestillo no se cerró del todo. Mientras Angie estaba en la ducha, Precious empezó a jugar con la puerta entreabierta con su pata. Siendo una gata inteligente, la abrió y salió a la libertad. Mirando a su alrededor, Precious vio a Benny en la cocina con Rachel. Este miró a Precious y empezó a gruñir. Precious dejó escapar un siseo.

—¿Qué sucede, Benny? —preguntó Rachel, acercándose a acariciar al gato—. Todavía no es hora de cenar.

Benny siguió gruñendo mientras Precious se dirigía a la sala de estar para investigar. Saltó sobre el sofá después de haberse tomado un momento para afilar sus garras en su superficie. Sintiéndose satisfecha, miró hacia el balcón. Benny salió de la cocina en busca de Precious. Cuando se sentó frente al sofá, gruñendo, Precious lo escupió dos veces. Los escupitajos y gruñidos fueron oídos por Joe y también hicieron salir a Rachel de la cocina. Al ver la situación, ella entró rápidamente en acción, al igual que Rufus. Comenzó a ladrar a los dos gatos en sus posiciones de enfrentamiento.

Joe entró rápidamente en el salón desde el balcón.

—Hola, gatos. ¡No! —Agarró el collar de Rufus para contenerlo.

Rachel llamó a Angie a gritos y luego se dio cuenta de que estaba en la ducha y no podía oír.

—Muy bien, pequeña libertina —expresó, agitando las manos para ahuyentar a la gata—. ¡Vuelve a tu habitación!

Precious corrió hacia ella, planeando saltar desde el extremo del sofá donde estaba Rufus. Pero Rufus le ladró en la cara, así que le dio un golpe furioso al perro. Después de que las garras recién afiladas conectaran con la cara de Rufus, este gimió, y Joe lo apartó. Precious volvió a correr hacia el pasillo, dobló la esquina y pasó directamente por debajo de la cama. Benny la persiguió hasta que llegó al pasillo y entonces decidió que había tenido suficiente. Moviendo la cola, se dio vuelta y regresó a la cocina, dando a entender, en su mente, que había derrotado al enemigo.

Rachel cerró la puerta tras Precious y regañó a Benny, como si este pudiera entenderla. Levantó las manos en señal de desesperación y volvió a picar apio. Joe asomó la cabeza por la esquina de la cocina.

—Solo un poco de emoción.

—Me vendría bien menos.

—Rufus y yo vamos a dar un paseo antes de la cena —anunció él, atando una correa al collar del perro.

—Tienes mucho tiempo, no te apresures. Ah, y por cierto, Rufus necesita un baño. Está apestando el condominio.

—De acuerdo, entiendo. Tal vez mañana.

OCHO

ANGIE BARRIÓ LOS PLATOS, los cubiertos y las tazas de la mesa en el cubo de plástico y los llevó a la cocina. Era una carga pesada, así que tuvo cuidado de no pisar la grasa ni una cáscara de cebolla perdida en el suelo. Ya se había caído por resbalar sobre la grasa. Desde entonces, siempre llevaba zapatos con suela de goma.

—¿Quieres que meta esto en el lavavajillas? —le preguntó al hombre alto que estaba a su lado.

Brian era un tipo grande, tanto en altura como en circunferencia. Como no estaba cocinando, no llevaba sombrero ni redecilla que cubriera su corto pelo castaño. Angie pensaba que su jefe comía demasiadas hamburguesas. Y patatas fritas. Pero era un hombre decente para trabajar, y no era mal parecido. Bien afeitado y con rasgos uniformes, su edad, supuso, era de treinta años. Su nombre completo, impreso en la licencia de trabajo que colgaba de la pared, era Brian Forbes.

—No, pueden esperar —respondió Brian—. Tu cliente favorito está ahí fuera.

—¿Ah, sí? —Angie se limpió las manos en el delantal blanco que cubría el uniforme rosa de camarera mientras atravesaba las puertas batientes del comedor. El señor "Gran Propina" estaba sentado en su puesto, mirando el menú—. Hola. ¿Qué puedo ofrecerle hoy? —preguntó, sonriendo al hombre sentado en la cabina roja.

—Angie, estás preciosa hoy —expresó, con una mirada de aprobación—. ¿Qué tal si te llevo?

Angie se rio e ignoró el comentario inapropiado.

—La hamburguesa Bonanza es el especial. ¿Quiere probarla?

—Creo que prefiero probarte a ti —contestó a través de una boca llena de dientes sonrientes.

De nuevo, Angie se rio nerviosamente e intentó que hiciera un pedido. Pasaba por eso cada día que él iba. Y eso era mucho. Esa situación había ido más allá del coqueteo y se había convertido en algo francamente molesto.

—En serio, ¿qué quiere pedir? —preguntó, con el bolígrafo preparado para escribir en el anotador que tenía en la mano.

—Bueno, si insistes... Solo la hamburguesa normal y patatas fritas.

—¿Ensalada de repollo?

—Sí. Sabes que es mi favorita. Y un refresco de dieta.

—Entendido —Ella giró rápidamente para irse antes de que él pudiera decir algo más.

Angie enganchó el papel a un aparato metálico redondo que sujetaba los pedidos y lo giró para que la cocinera pudiera leerlo desde el otro lado del pasaplatos. Como era un día tranquilo, entró en la cocina y empezó a cargar los platos en la lavadora.

—¿Todavía coqueteando? —preguntó Brian.

—Sí. Es un asqueroso. Como si yo pudiera estar interesada en él.

El hombre era de mediana edad, tenía el pelo prematuramente blanco y era de aspecto agradable, pero definitivamente molesto. Desde que ella había empezado a trabajar allí, él se había interesado, y se sentaba siempre en su sección. La disposición del restaurante era de tres filas dobles de cabinas rojas a la derecha de la puerta, cabinas individuales en la parte delantera, lateral y trasera, con mesas rojas en medio de esa sección de cabinas. Las puertas dobles de la cocina estaban alineadas con la puerta principal, con el pasaplatos a la derecha y la zona de servicio, que albergaba platos y utensilios. Las dos cabinas contra la pared de la derecha estaban más aisladas que el resto del restaurante, por lo que siempre se sentaba allí.

Angie se sentía muy incómoda con él. Sus halagos eran interminables y sus intenciones, evidentes. Pero ella creía que estaba manejando bien la atención no deseada. Y Brian era consciente.

Cuando la cocinera en prácticas tocó el timbre para indicar que su pedido estaba listo, Angie tomó rápidamente el plato y una lata de refresco. Mientras llevaba la comida a la cabina, forzó una sonrisa. Como él estaba sentado de espaldas a la pared, podía observar cada paso que daba hacia él. Sonrió cuando ella se acercó, recorriendo su cuerpo con la mirada.

—Querida, trabajas demasiado —comentó él, tomando la lata de sus manos—. Podría hacerte la vida más fácil. ¿Por qué no me dejas? —Ese era un nuevo nivel. Nunca había sido tan atrevido, y Angie no estaba preparada con una respuesta rápida. Vivir en ashrams no la había familiarizado con hombres lascivos. Todos los hombres que había conocido eran amantes de la paz y el amor. Su rostro adoptó una expresión de sorpresa. Se quedó sin palabras—. Déjame tomar el plato —propuso, y liberó a Angie del plato que tenía en la mano. Luego, estrechó esa mano en la suya, la acercó a su cara y la besó. Angie la retiró rápidamente—. Angie, querida, no tengas miedo —le pidió; la mirándola cálidamente con sus ojos azules—. No muerdo. Pero sí traigo regalos. —El hombre tomó el brazo de Angie y la acercó para que se sentara a su lado—. Tengo algo para ti —anunció, alcanzando con la otra mano una pequeña caja en el asiento junto a él—. Esto es para ti, Angie. —Le puso la caja en la mano—. Ábrela. —Ella miró la cara del hombre, sin saber qué responder—. Adelante.

Está bien, de verdad. —Angie abrió la caja blanca sin envolver. En medio de una nube de algodón había un brazalete de plata. Era ancho y estaba delicadamente grabado con hojas y enredaderas. Miró al hombre, extrañada—. Póntelo. Vamos, Angie.

Angie se puso la pulsera en la mano y contempló su belleza en la muñeca. Era realmente bonita, y se ajustaba perfectamente.

—Yo... no puedo, esto es demasiado caro y...

—No es nada comparado con lo que puedo darte, Angie querida. Es solo una chuchería. Una pequeña muestra de mi agradecimiento por tus servicios.

—No, verá, no estaría bien. —Ella estaba luchando por encontrar las palabras—. Apenas lo conozco. Ni siquiera sé su nombre.

—James. Mi nombre es James Marshall —contestó—. Ahora, hemos sido debidamente presentados.

Angie respiró profundamente y soltó el aire.

—De acuerdo, James. Este es el asunto: no lo conozco. No sé si quiero conocerlo, ¿entiende? Esto, este brazalete, es hermoso. Gracias, pero no puedo aceptarlo. Simplemente no puedo.

Ella se puso de pie antes de que él pudiera hablar. James extendió la mano, y le agarró la muñeca.

—No lo aceptaré de vuelta, ¿entiendes? Puedo permitirme el lujo de regalarte esa pequeña pulsera, y muchas más cosas. Me alegro de que te parezca bonita. Es solo el principio de lo que pienso darte. Solo el principio. —Le soltó la muñeca—. Ahora, ve a hacer tu pequeño trabajo. Me gustaría comer antes de que esto se enfríe.

Angie se quedó en silencio durante un instante, mirando a James mientras abría la servilleta, y luego se alejó. Una vez dentro de la cocina, decidió esconderse allí hasta que él se fuera. Al cabo de un rato, Brian se acercó a donde estaba asomada a la ventana del pasaplatos, observando a James.

—¿Qué está pasando?

—No lo sé. No lo entiendo. —Se volvió hacia Brian, extendiendo el brazo—. Mira. James me dio esto.

—¿James?

—Dijo que su nombre es James. Y me dio esta pulsera.

Brian examinó la pulsera con los dedos.

—Parece de alta calidad. Y cara.

—Lo sé. Dijo que era un regalo. ¿Un regalo?

Una de las otras camareras se acercó a inspeccionar la pulsera. Sara Anderson la hizo girar alrededor de la muñeca de Angie mientras la miraba.

—El hombre tiene buen gusto —opinó Sara—. Quédatela.

—¿He hecho algo para que piense que puede darme esto? —le preguntó a Brian.

—Probablemente no. Tal vez es muy generoso. O le gustas.

—No quiero que enloquezca por mí —afirmó Angie—. Es lo suficientemente mayor como para ser mi padre.

—Es lo que se llama un *sugar daddy* —comentó Sara, guiñando un ojo—. Has sido bendecida.

Angie miró a Sara con horror.

—Bueno, *James* acaba de salir —indicó Brian—. Lo vi salir. Ve a ver si pagó su comida.

Angie salió de la cocina y se dirigió al puesto donde había estado James. Entre los platos sucios había un billete de cien dólares. Había pagado su comida con creces.

Ruby entró en el despacho de Rachel mientras esta revisaba la cinta de seguridad.

—¿Qué haces? —preguntó Ruby, sentándose en la silla frente al escritorio.

—Revisando la cinta de seguridad —respondió, volviéndose hacia ella—. Tengo una nueva tarea... ver las actividades durante la noche. Cualquiera que intente entrar o hacer algo estúpido, puedo verlo grabado en la cinta.

—¿Ves algo interesante?

—Sí, mira. —Rachel giró la pantalla hacia Ruby—. Ese es el hombre misterioso que sigue viniendo por quién sabe qué razón.

Ruby vio a un hombre, vestido con un abrigo largo y un sombrero.

—¿No es el tipo del año pasado? ¿Quieres decir que ha vuelto?

—Me temo que sí. No sé por qué, pero nos ha visitado dos veces antes de esto.

—¿Puedes hacer eso más grande? —preguntó Ruby.

—Claro. —Rachel pensó que los ojos de Ruby debían de estar debilitándose—. ¿Puedes verlo mejor?

—Seguro que sí. Me resulta familiar.

—¿Qué? —Rachel no esperaba escuchar eso.

—Sí, la forma en que está de pie es extraña y familiar, como alguien que una vez conocí.

—¿De verdad? Todo este tiempo pensé que tal vez era alguien que buscaba a Loretta. Dado que una vez fue una detective de alto perfil, quién sabe quién podría querer buscar venganza.

—Es cierto, pero me resulta familiar —afirmó Ruby, mirando atentamente la pantalla mientras se frotaba la barbilla —. Estaría bien verle la cara con claridad, pero ese estúpido sombrero que lleva proyecta sombras.

—Bueno, piénsalo, Ruby. Tal vez se te ocurra. Entonces, ¿qué te trae aquí hoy?

—Loretta —respondió con un suspiro—. La tienen con oxígeno. Tiene mal aspecto. Está muy débil y no quiere comer. La tienen drogada, pero no mejora. Estoy muy preocupada por ella.

—Lo siento mucho. ¿Qué puedo hacer?

—Rezar. ¿No se supone que eres religiosa o algo así? ¿No vas a la iglesia?

—Sí, voy a la misma iglesia que Loretta.

—Bueno, entonces, reza por la mujer.

—Lo haré, Ruby. ¿Puedo rezar por ti también?

—Claro, ¿por qué no? Siempre me viene bien un empujoncito en ese aspecto. —La anciana sonrió, lo que acentuó las arrugas alrededor de sus ojos.

Rachel también sonrió ante las palabras pronunciadas. No hacía mucho tiempo que esa conversación no habría tenido lugar. No había asistido a la iglesia desde la infancia y estaba siguiendo un camino personal hacia la destrucción. Su matrimonio estaba en juego porque su marido tenía una concepción incorrecta de su extraño comportamiento, lo que la hacía volverse desafiante y rebelde. Había sido la peor época de su vida. Pero lo había superado, con la ayuda de Dios.

—¿Está dispuesta a recibir visitas? —Rachel estaba ansiosa por visitar a la mujer.

—Sí, pero no esperes mucho de ella. Tendrás que hacer la mayor parte de la charla.

—Puedo hacerlo. Gracias por hablarme de ella.

—Te mantendré informada —dijo, levantándose de la silla—. Solo reza por ella.

—Considéralo hecho.

NUEVE

LUANN FUE la primera en llegar a la casa club, así que eligió la mesa. Olivia Washington la siguió de cerca y luego llegó Rachel. Ese era un lugar conveniente para que tuvieran sus charlas y se pusieran al día de la vida de cada una. En el centro de la sala había una barra circular con mesas dispersas alrededor. Situado en el mismo piso que el despacho de Rachel, también era un lugar de reunión para los eventos especiales que los residentes quisieran organizar.

—No puedo esperar a las vacaciones de verano —comentó Olivia mientras se sentaba en una silla—. Estos chicos me están matando este semestre.

—Pensé que los universitarios eran más fáciles que la escuela secundaria —señaló LuAnn—. Por supuesto, están las fiestas y toda esa locura, pero se supone que están estudiando para sus carreras.

—Se podría pensar que sí, ¿no? Pero este grupo parece tener la tortura en su agenda. Mi tortura. —Olivia movió la cabeza con disgusto mientras se acomodaba en su silla.

—¿Cómo es eso? —preguntó Rachel.

—Ponen a prueba mi paciencia llegando tarde —contestó

Olivia, comprobando con los dedos su peluca rizada para ver si seguía en su sitio—. Y luego tardan una eternidad en acomodarse. Una vez instalados, hablan entre ellos como si yo fuera invisible. Actúan como si estuvieran en sus dormitorios. No muestran ningún respeto.

—Grosero —opinó Rachel.

—¿Señoras? —El camarero llegó a su mesa.

—Té helado para mí —pidió Rachel.

—Una jarra de cerveza —ordenó LuAnn.

—Refresco de dieta —pidió Olivia y continuó—: Este es el grupo de estudiantes más grosero que he enseñado desde que estoy en Bethune Cookman.

Olivia Washington era profesora y de corazón bondadoso por naturaleza. Mientras había criado a sus cuatro hijos como madre soltera, se había preparado para ir a la Universidad y así poder ofrecerles una vida mejor. Una vez que se habían independizado, Olivia había vendido la casa que ella y su marido habían tenido antes de que él falleciera y se había mudado al condominio.

—No es por ignorar tu drama, pero hoy tuve noticias de Tia —comentó Rachel.

—Oh, la he tenido en mente. ¿Cómo está? —preguntó Olivia.

—Hasta ahora, le gusta estar de vuelta en la India —contestó Rachel—. No pensaba que lo haría, pero sus padres la necesitan ahora, así que no tiene otra opción.

—¿Se está quedando con ellos? —inquirió LuAnn.

—Por ahora. Está averiguando si necesitan atención permanente o solo mientras ella trabaja.

—Espero que no se arrepienta de haber vuelto a casa —planteó Olivia, tocando el cuello blanco junto a su piel color cacao—. Está tan americanizada; podría ser difícil.

—No tiene ninguna opción: su padre está en una silla de ruedas, y su madre tiene varias enfermedades —explicó Rachel—. La familia es lo primero. También ayuda que sea doctora.

—No parece que vaya a mudarse a su propia casa —opinó LuAnn, tamborileando con sus uñas rosas sobre la mesa.

—Yo también lo dudo —acotó Rachel.

El camarero volvió con sus bebidas. Una vez que se fue, reanudaron su conversación.

—¿Cómo le va a Angie en su trabajo? —preguntó Olivia.

—Realmente bien. Estoy sorprendida. Le gusta su jefe, y aparentemente, le va bien como camarera, teniendo en cuenta que nunca ha hecho nada parecido. Nunca ha tenido un trabajo.

—Bien por ella —expresó LuAnn—. Dile que estoy orgullosa de ella.

—Lo haré. Tiene una cita con el hijo de nuestro nuevo inquilino —señaló Rachel, removiendo su té con la pajita—. Así que, tal vez tenga un romance además de su trabajo.

—No lo he conocido, pero lo vi de lejos —comentó Olivia—. Es muy guapo.

—Lo sé. Ella lo llama "el galán".

—Es bastante guapo —coincidió LuAnn, ajustando los tirantes de su top azul—. Si yo tuviera su edad, seguro que lo abordaría. Me saluda cada vez que nos encontramos en el paseo.

—Qué suerte, es tu vecino de al lado —indicó Olivia.

Alfred y Penélope entraron en el club, tomados de la mano. Buscaron una mesa vacía. Al encontrar una cerca de las chicas, Penélope llevó a Alfred hacia la mesa. Él le acercó la pesada silla y se sentó junto a Penélope.

—Me pregunto qué es lo que beben —expresó LuAnn.

—Un Shirley Temple para Penélope —sugirió Rachel, y todas rieron.

El camarero se acercó y escucharon a escondidas el pedido.

—Una jarra de cerveza para mí —ordenó Alfred—, y un Shirley Temple para la señora.

Rachel se golpeó la mano contra la boca para silenciar su risa. Olivia apartó su cara sonriente mientras LuAnn se desahogaba. Su risa resonó, lo que provocó que numerosas personas la miraran.

—Lo siento —se disculpó con todos—. Una broma divertida.

—En ese sentido, tengo que hacer algo de papeleo —anunció Olivia, sonriendo mientras se levantaba—. Las veré más tarde en la semana.

—Yo también debería irme —intervino Rachel, poniéndose de pie—. Joe podría estar aún despierto.

—Ufff, mi noche libre y ustedes se van —protestó LuAnn, haciendo puchero con sus labios rosados.

—Todavía estoy compensando a Joe después de todas esas noches que me quedé hasta tarde con ustedes —explicó Rachel, echándose el bolso al hombro—. Ahora, cuando vuelvo a casa, está deseando verme. Y ese perro loco ha dejado de atacarme desde que llegó Angie.

—Eso es genial, cariño. Saluda a Joe de mi parte —pidió LuAnn.

—Hasta luego.

—Adiós.

La arena se sentía bien entre sus dedos. Estaba fría y húmeda cuando Angie pisó las conchas cerca de la orilla del mar. Llevaba las sandalias en la mano y disfrutaba de la fresca brisa que pasaba por sus muslos. Se había estresado pensando en qué pantalones cortos llevar para su cita, y finalmente, había elegido los blancos. Le permitían lucir el poco bronceado que tenía. El top rojo mostraba la suficiente piel sin ser demasiado revelador. Además, él ya la había visto en bikini.

—Me encanta la playa de noche —expresó Angie, pateando una concha.

—Sí, es tranquilo —acordó él. La luna extendía sus rayos para iluminar el camino mientras las olas se acercaban para lavarles los pies. El sonido del agua arrancaba toda la tensión del día que había tenido Angie. James había vuelto a pasar por la cafetería. Nada había cambiado. Bien vestido con una camisa azul de manga corta y pantalones caqui, era un hombre decidido. Decidido a conseguir que Angie saliera con él. Quería cuidar de ella. Quería comprarle cosas. Quería...—. Me voy de la ciudad en un par de días —anunció Josh, irrumpiendo en sus pensamientos.

—¿Ah, sí? ¿A dónde vas?

—Chicago, luego Las Vegas.

—¿Por negocios?

—Sí.

Angie no tenía intención de preguntar qué iba a hacer allí. Tendría que decírselo él mismo. Si era que lo haría.

—Estaré fuera unos diez días.

—Bueno, ya sabes dónde estaré.

—En la cafetería, golpeando a viejos lascivos.

—Suena gracioso cuando lo pones de esa manera.

—Oye, quiere darte joyas, déjalo. Te da grandes propinas, tómalas. Acepta todo lo que te dé. Mientras no tengas que dar nada a cambio. —Josh añadió un movimiento de cabeza para enfatizar.

—No tengo intención de darle lo que quiere.

Josh dejó de caminar, le tendió el brazo, y la volvió hacia él.

—¿Tal vez debería hacerle una visita? Tener una charla con él.

Angie negó con la cabeza y bajó la mirada.

—Eso no es necesario. Puedo encargarme de esto.

—¿Segura? Porque puedo hacerlo.

—No. Se cansará de la persecución —respondió ella, mirándolo a la cara—. Esto será una noticia vieja para cuando vuelvas.

—Bien —aceptó, empezando a caminar de nuevo—. ¿Tienes suficiente calor? Está refrescando.

Josh estaba vestido con su negro característico. Camiseta y

vaqueros negros, siempre negros. Metió la mano en un bolsillo y sacó un cigarrillo y un mechero, y los dirigió hacia ella. Con una mirada más de cerca, Angie vio el extremo retorcido y supo lo que era.

—¿Mmm?

—Ah, no, yo no hago eso.

—¿No? ¿Nunca?

—Bueno, nunca no. Lo intenté una vez, pero decidí que no era para mí.

—Es un buen material —afirmó Josh, encendiendo el extremo—. Pruébalo. —Acercó su mano a su cara—. Dale una calada.

—No es una buena idea, lo siento.

Caminaron en silencio mientras Josh terminaba de fumar.

—Las estrellas parecen más brillantes y grandes —comentó —. Y el océano brilla con más intensidad.

—Creo que las estrellas y el océano son hermosos tal y como son desde mi punto de vista —aseguró ella.

—No duele nada —afirmó él, excusando su acción.

Angie no respondió. No tiene sentido discutir con él.

Volvieron al condominio y subieron en el ascensor hasta el cuarto piso.

—Ha sido un placer conocerte —señaló ella al volverse hacia él.

—Lo mismo digo. Cuando vuelva, lo haremos de nuevo.

—De acuerdo.

Josh se inclinó lentamente, tomó la parte superior de sus brazos, y le dio un beso en la mejilla. Se apartó un poco, sosteniendo su mirada, y luego besó sus labios con suavidad. Solo una vez. Luego, le soltó los brazos.

—Buenas noches.

—Buenas noches. —Angie se dio vuelta y salió del ascensor. Cuando entró por la puerta del piso de sus padres, sonreía—. Hola —saludó al pasar junto a su madre.

—Hola. —Rachel le dirigió una mirada peculiar—. ¿Cómo estuvo tu cita?

—Encantadora.

—¿Encantadora?

—Eh…sí, encantadora. Él también es encantador.

—Bien...

—Buenas noches, madre.

¿Madre? ¿Desde cuándo Angie la llamaba *madre*? *Debe de haber sido una cita estupenda.*

DIEZ

JOSH TENÍA LA MALETA HECHA. No sería un viaje largo. Al menos no pretendía que lo fuera. Quería volver para continuar persiguiendo a Angie. Ella era sexy, y un poco ingenua, a pesar de todos sus viajes. Eso no le importaba. Hacía más fácil la conquista. A él le gustaban las conquistas. Tenía buena apariencia, encanto y dinero. Sabía cómo manejar a las mujeres. Y había puesto sus ojos en Angie.

Su padre ya le había dado instrucciones sobre cómo cerrar tres negocios que tenía sobre la mesa. Siempre que lo enviaba a gestionar negocios, solía ser para cobrar lo que le debían. A John no le gustaba que le debieran nada. Esperaba que le pagaran a tiempo, y si no, bueno, Josh se encargaba de los detalles. Nunca preguntaba cómo, solo anticipaba que el trabajo se haría. Y siempre se hacía. Josh era bueno en su trabajo.

—¿Quieres que te deje en el aeropuerto? —John entró en la habitación que Josh iba a ocupar cuando estuviera allí—. Solo está a unos seis kilómetros de aquí, lo cual es agradable. Especialmente, comparado con otras ciudades.

—Iba a tomar un taxi, pero si quieres llevarme, está bien.

—Claro. ¿Estás listo?

—Sí, lo estoy.

—Vamos. —John salió del dormitorio, sacudiendo las llaves del coche en su bolsillo.

Mientras bajaban en el ascensor, Josh miró a su padre. Lo respetaba mucho. Después de la muerte de su madre, se quedaron solos. Aunque su padre no era un hombre cariñoso, Josh siempre supo que estaría cuidado y seguro. Cuando viajaba, había hombres a su alrededor para protegerlo y mujeres que iban a cocinar y limpiar en los condominios. Nunca tuvo que valerse por sí mismo; su padre se ocupaba de todas sus necesidades. A pesar de la falta de calidez del anciano, Josh sabía que podía hablar con su padre de cualquier cosa. Todo lo que tenía que hacer era preguntar. A menudo recibía consejos mundanos sobre cómo sobrevivir en un mundo despiadado. Su padre era más que un padre: era un mentor.

Después de haber subido al coche, John dio a su hijo algunas instrucciones de última hora.

—Frank es un buen tipo, pero hay que tener cuidado con Al. Es tranquilo. Demasiado tranquilo. No me fío de él. —John mantuvo sus ojos en la carretera mientras conducía.

—De acuerdo.

—Cuando te dé el dinero, no te entretengas. Vete inmediatamente. —Giró a la izquierda en el semáforo—. Es mejor que te reúnas en un lugar público. Evita un encuentro privado. No es seguro.

—De acuerdo. Lo conocí antes, ¿no? —preguntó Josh, manteniendo también la mirada hacia la carretera.

—Solo una vez, pero no allí. En Jersey.

—Bien.

—¿Tienes los números de móvil?

Josh miró a su padre.

—Por supuesto. No es mi primera vez.

—Sí. Lo siento —se disculpó—. Estoy ansioso por aclarar esto. Ha sido una deuda pendiente durante demasiado tiempo.

—No te preocupes por eso. Yo me ocupo. —Se detuvieron en la acera frente a la entrada de Delta Airlines. Aunque no se ofrecía una amplia selección de aerolíneas, la comodidad de ir y venir del aeropuerto de Daytona Beach lo compensaba. Nunca hubo molestias durante la facturación ni largas colas para pasar por el control de seguridad como en los aeropuertos más grandes. Josh salió de un salto, abrió la puerta trasera y tomó su maleta. Antes de cerrar la puerta, dijo: —Llamaré cuando el trato esté hecho. Hasta luego.

John se alejó de la acera sin decir nada.

Brian's Burgers estaba lleno de gente. Una gran parte de la multitud de motociclistas que visitan Daytona Beach llenaba los puestos con regularidad. Médicos, abogados, mecánicos y demás personas de cualquier parte de Estados Unidos se reunían para la Semana de la Moto. Solo había que amar las motos y desear unas vacaciones con gente afín para ir a Daytona Beach. Y eran bienvenidos. Cuando los moteros llegaban a la ciudad, los comerciantes prosperaban y los restaurantes cosechaban mucho dinero. Los moteros también daban buenas propinas.

Angie iba y venía de la cocina al comedor tan rápido como podía moverse. Sus propinas habían sido estupendas y ella lo agradecía, aunque estaba muy cansada por la noche cuando llegaba a casa. Al pasar por delante de una mesa, mientras llevaba una carga completa de platos sucios en su cubo de plástico, una mano la agarró del brazo.

—Angie.

Miró para ver quién la llamaba por su nombre y vio que era James. Estaba sentado solo en una mesa pequeña, probablemente porque todas las cabinas estaban ocupadas.

—No está en mi sección. No puedo atenderlo.

—¿Puedes hacer una excepción?

—No, no puedo. Esas son las reglas.

—¿Qué tal si nos vemos cuando salgas del trabajo?

Angie sintió que todo su cuerpo se desplomaba.

—James, no puedo. Estaré demasiado cansada.

—Pero...

Angie se desprendió bruscamente de su brazo mientras caminaba hacia la cocina. ¿Tal vez captase la indirecta? Cuando regresó después de dejar los platos, lo encontró haciendo su pedido a Sara. Ella estaba exagerando con amplias sonrisas y moviendo las caderas de un lado a otro mientras escribía el pedido en su anotador. ¡Qué bien! Sara era más de su edad.

Otro grupo de moteros ocupaba una mesa de seis puestos en su sección.

—Hola, chicos —saludó ella, sonriendo—. ¿Qué les apetece esta noche?

—Bueno, si no puedo tenerte, tomaré la hamburguesa especial —respondió uno de los hombres, igualando su sonrisa —. Y una Coca-Cola.

—Le va a encantar —afirmó ella, todavía sonriendo—. Somos famosos por nuestros especiales de hamburguesas.

Los otros cinco pidieron sus órdenes, y ella se dirigió al pasillo para enganchar la orden en el soporte metálico. Por el rabillo del ojo, vio que James la miraba fijamente. Deseó que se diera por vencido y no volviera al restaurante. ¿Por qué no podía entender que ella no estaba interesada?

A medida que avanzaba la noche y le dolían más los pies, Angie se dio cuenta de que James por fin se había ido. Se había entretenido lo suficiente como para irritar a Sara, y finalmente, le había dejado una propina decente, pero no un billete de cien dólares. Esperaba que Sara no la culpara.

Cuando llegaron las diez, el restaurante estaba vacío y el personal se preparaba para limpiar e irse. Angie pensó que, si sus pies pudieran hablar, la harían arrestar por abuso. Hizo un rápido trabajo de limpieza y salió por la puerta trasera. Se sintió bien al sentir la fresca brisa del mar sobre su cara después de un largo día. Oh, la alegría de volver a casa caminando tranquilamente. Se quitó los zapatos para que la arena pudiera reconfortar sus pies. Solo había tres manzanas por la playa hasta el apartamento. Ese pequeño paseo era definitivamente la mejor parte de su día.

Angie vio a mucha gente caminando por la playa. Algunos iban a clubes o restaurantes, otros... ¿quién sabía dónde? Cada uno iba vestido de forma diferente. Algunos iban en pantalón corto, otras con soleros y otros con vaqueros. Una muestra ecléctica de gente disfrutando de una tarde en la playa. Oyó a una banda tocar al pasar por un bar de segunda; la música y las risas salían de la puerta abierta. Había una noria delante, brillantemente iluminada, que movía a los gritones pasajeros. Mientras caminaba, Angie se dio cuenta de que un coche circulaba lentamente a su lado. Echó un vistazo y reconoció de inmediato al conductor: era James. Se irguió en modo de alerta. ¿Qué creía que estaba haciendo? Él bajó la ventanilla y le sonrió.

Angie frunció el ceño ante el hombre como respuesta.

—¿Qué está haciendo? Estoy fuera de servicio.

—¿Por qué no subes a mi coche? —preguntó agradablemente —. Te llevaré a casa, ¿a menos que quieras ir a otro lugar primero?

Su vehículo era un todoterreno caro, de color verde metálico oscuro. Tal vez un Lincoln, no estaba segura.

—No quiero ir a ningún sitio con usted. No voy a subir a su coche, James.

—No deberías tener que caminar a casa cuando puedo llevarte fácilmente. —James le dedicó una sonrisa encantadora —. Vamos, Angie.

—No es su problema cómo llego a casa. Debería ocuparse de sus asuntos y no meterse en los míos. No me va a llevar a casa. ¿Entendido? —La voz de Angie había subido un par de decibelios en un esfuerzo por establecer su punto—. ¡Salga de aquí!

—Lo entiendo, pero no comprendes mis intenciones. —James no se rendía fácilmente.

—Oh, entiendo totalmente sus intenciones, James. ¡Déjeme en paz! —gritó la última frase al hombre.

En ese momento, dos moteros se acercaban, probablemente después de haber salido del bar. Los hombres se detuvieron para observar el intercambio entre la joven y el hombre mayor. Por suerte, Angie había atendido a esos dos hombres en la mesa de seis esa misma noche.

—Oye, ¿estás bien, Angie? —preguntó uno al acercarse a ella por detrás.

—Sí, estamos aquí si necesitas ayuda —agregó el otro.

Ambos hombres eran de tamaño formidable, tenían barba y llevaban gorro. Inclinaron sus musculosos cuerpos de un lado a otro mientras hacían notar su presencia, indicando que estaban dispuestos a intervenir para defender a una damisela en apuros.

—Eh, bueno... —expresó Angie, dando varios pasos atrás hacia los hombres—. Eso depende. —Ladeó la cabeza mientras permanecía en silencio en la arena frente a los dos fornidos hombres mientras James decidía lo que quería hacer. Esperaba que su lenguaje corporal y el de los dos motoristas le sugirieran a James que tal vez quisiera seguir adelante. El hombre decidió sabiamente: se alejó por la playa. Angie se dio la vuelta para mirar a los dos hombres que habían acudido en su defensa—. Gracias, chicos. No entiendo a este tipo. No deja de entrar en la cafetería y de molestarme. No acepta un *no* por respuesta. Y esta noche, intenta llevarme a casa. Pero muchas gracias.

—No pasa nada. Si alguna vez nos necesitas, estamos aquí para ti —dijo uno de los hombres.

—Se los agradezco mucho.

—¿Vas lejos? —preguntó el otro hombre.

—No, solo una cuadra más o menos.

—¿Por qué no caminamos contigo? Para asegurarnos de que estás a salvo.

—Eso sería genial.

Los dos hombres acompañaron a Angie, caminando a cada lado de ella, mientras la escoltaban con seguridad hasta el condominio y observaban cómo entraba en el edificio. Una vez dentro, los saludó con la mano. Pulsó el botón del cuarto piso y subió en el ascensor, sintiendo que alguien o algo había estado velando por ella. Esos tipos fueron enviados en su ayuda.

Cuando entró en la unidad de sus padres, los encontró en el salón, leyendo.

—Hola, cariño —saludó Rachel.

—Hola —repitió su padre.

—¿Qué tal el trabajo? —preguntó la madre.

—Extremadamente ocupado —contestó Angie—. Los moteros están en la ciudad, así que estábamos desbordados.

—Siempre es un buen negocio el de los moteros —comentó Joe.

—Y las propinas. Tienen fama de dar buenas propinas —acotó Rachel.

—Sí, bueno, también hay un hombre mayor que da muy buenas propinas —afirmó ella, tirando su bolso sobre la mesa—. Viene regularmente y le gusto. Estaba allí esta noche. Otra vez.

—¿Fue inapropiado? —preguntó Joe.

—Sí, pero había mucha gente alrededor. Pero esta noche, pasó por delante de mí en la playa cuando volvía a casa. Quería que me subiera a su coche.

—¿Qué? —Joe parecía estar a punto de explotar.

—No deberías ir andando a casa por la noche —sugirió Rachel—. Eso es buscarse problemas.

—Bueno, lo he hecho antes sin problemas, pero esta noche me ha encontrado. —Se sentó en una de las sillas—. Dos moteros a los que había atendido antes vinieron a rescatarme. Me acompañaron a casa.

—Benditos sean por eso —expresó Joe.

—No sé qué hacer con este tipo. Quiere regalarme cosas y dice que quiere cuidar de mí. Quiero decir, ¿en serio? —Miró a sus padres en busca de una respuesta—. Me ha regalado una pulsera de plata. ¿Qué tan loco es eso?

—Es un chiflado y tienes que alejarte de él —exigió Joe, con la mirada enrojecida por el encuentro de su hija—. Dile a Brian que se encargue.

—Sí, Brian debería intervenir y hacer algo, Angie —acordó su madre—. Esto no puede continuar; tienes que pedirle ayuda.

—Lo haré.

ONCE

EL ROSTRO de Loretta estaba tan pálido que casi se confundía con la funda de almohada blanca sobre la que reposaba su cabeza. Estaba tumbada de espaldas, respirando con la ayuda de la máquina de oxígeno cuando Rachel entró en su habitación del hospital. No estaba segura de si Loretta estaba dormida o no hasta que se sentó en la silla junto a la cama. Los ojos de Loretta se abrieron inmediatamente.

—Rachel, querida —susurró Loretta, después de haber apartado la máscara de oxígeno. Sus ojos sonrieron, pero su boca no respondió.

—Loretta, hola —saludó Rachel, tomando una de las manos de la anciana entre las suyas—. No te esfuerces en hablar. —Loretta volvió a deslizar la máscara en su sitio, esforzándose por respirar profundamente—. Bien, entonces, nada ha cambiado mucho en el condominio desde que estás aquí —comentó, tratando de entretener a la mujer—. Oh, ¿sabías que Alfred y Penélope son pareja? —Loretta asintió con la cabeza—. Es una pareja tan extraña, ¿no crees? Penélope es una mujer tan mojigata, y aquí su novio se casó y se divorció cuatro veces. Supongo que lo llamarías *novio*, ¿no? Se toman de la mano. —Rachel se limitó a parlotear, esperando que la anciana estuviera disfrutando de su charla—. A su edad, no puedo imaginar que ocurra nada íntimo, ¿o sí?

Loretta hizo un ligero movimiento de cabeza. No dejaba de mirar a Rachel, con los ojos llenos de agradecimiento.

Una enfermera entró en la habitación.

—¿Es su hija?

—No, solo una amiga cercana.

—Parecía que estaban unidas de alguna manera.

Rachel miró a la anciana tumbada en la cama mientras seguía sosteniendo su mano.

—Así es. Ella es muy especial para mí.

—Tengo que bajarla para hacerle unas pruebas —anunció la enfermera—. Lo siento.

—Está bien. Siempre puedo volver. —Rachel se puso de pie y soltó la mano de Loretta suavemente hacia la cama—. Volveré pronto. Estoy segura de que Ruby llegará más tarde. —La anciana asintió con la cabeza—. Adiós, Loretta. Compórtate.

—Tienes que hacer algo, Brian. —El hombre miró a Angie con desgano en sus ojos. Era evidente que no le gustaba hablar con un cliente sobre su comportamiento inapropiado con una de sus camareras—. Está ignorando mis protestas para que me deje en paz. No puede permitir que esto continúe. No está bien.

Brian se pasó la mano por la cara y suspiró.

—Vale. Si viene, dímelo.

Varias horas más tarde, Angie vio a James entrar en la cafetería y tomar asiento en uno de los puestos del fondo. En cuanto terminó de atender la mesa, arrastró el cubo de plástico lleno de platos hasta la cocina.

—Brian —gritó—. Está aquí.

Su jefe se apartó de la parrilla, colocando la espátula de mango largo en el mostrador de acero inoxidable.

—Lo tengo.

A pesar de su circunferencia y altura, Brian era un pelele. No le gustaba la confrontación, y menos con un cliente. Era cristiano y trataba de expresar amor, no ira. Respirando hondo, salió de la cocina por una puerta batiente del lado derecho. Esa era la regla: usar solo el lado derecho, sin importar por dónde se entrara. Se dirigió hacia donde estaba sentado James y se sentó frente a él en la mesa.

—Hola, Brian —saludó James casualmente.

—Sí, James, necesito hablar contigo.

—Ciertamente.

—Tienes que dejar a mi personal en paz, hombre. No puedo permitir que los clientes coqueteen con mis chicas.

—¿Quién ha dicho que estoy coqueteando con tus chicas? —Le dirigió a Brian una mirada inocente.

—Ya sabes de lo que hablo. Comprar regalos, ser insistente. Tiene que parar. —Brian clavó sus ojos en el hombre mayor, sin parpadear.

James se relamió rápidamente y ladeó la cabeza.

—No estoy seguro de lo que quieres decir.

—Hombre, sabes exactamente lo que digo —insistió Brian, pasándose una mano por la cabeza, hasta detenerse en la nuca —. Deja a Angie en paz, o tendré que pedirte que dejes de entrar.

James no respondió; solo miró fijamente a Brian.

—Una de las otras chicas te atenderá —continuó Brian, poniéndose de pie. Angie estaba observando desde la ventana del pasaplatos. En cuanto Brian volvió a entrar en la cocina, le pidió detalles—. Le dije que te dejara en paz y que otra chica lo atendería.

—¿Y estuvo de acuerdo?

—No dijo nada. Tampoco admitió nada —contestó él. Angie miró a Brian, con expresión inquisitiva—. Solo hay que ver qué pasa. Probablemente no volverá —agregó mientras se dirigía a la parrilla—. Bonnie, ve a atenderlo.

La nueva chica, Bonnie Gibson, salió rápidamente por la puerta para atender a James. Tal vez él pensaría que la cola de caballo roja de Bonnie era linda. Solo podía tener esperanza. Pero cuando Angie se acercó a la mesa junto a James para tomar el pedido de una pareja, pudo sentir los ojos de él clavados en ella. Se sintió nerviosa, pero tenía la esperanza de que fuera la última vez que él entraba en la cafetería.

—¿Dónde has estado? —preguntó Rachel cuando Joe entró en su apartamento—. Te perdí la pista hace un par de horas.

—He estado en búsqueda de inversiones.

—¿En qué? —Rachel levantó la vista de la mesa de café, a la que estaba quitándole el polvo.

—El otro día iba conduciendo por Beach Street y me fijé en una casa en venta —explicó Joe, sentándose en una de las sillas —. Así que volví hoy cuando tenían una jornada de puertas abiertas.

—¿Una casa? No necesitamos una casa, tenemos este condominio.

—Lo sé. Esto sería para una posada o para una estadía de un par de noches para turistas.

Rachel dejó de quitar el polvo.

—¿Una posada?

—¿Por qué no?

—No lo sé. Nunca había pensado en invertir de esa manera. —Rachel se encogió de hombros—. ¿Cómo era?

—Bastante limpio, en general. Nada que no pudiera arreglar yo mismo, sobre todo es cosmético.

—Mmm. —Rachel se sentó en el borde del sofá—. ¿Y estás considerando seriamente esto para nosotros?

—Sí.

—¿Cuándo puedo verlo?

—¿Qué tal ahora mismo? La jornada de puertas abiertas todavía está en marcha, y el lugar está apenas pasando el puente y un poco a la izquierda. Muy cerca.

Rachel se puso de pie.

—Estoy lista. Vamos. —La casa era un edificio victoriano de dos pisos de color amarillo brillante. Rachel pensó que, con vistas al río, al otro lado de la calle, sería un lugar deseable para los turistas. Estaba cerca de los lugares de ocio y los restaurantes de Beach Street, y a un paso de la playa por el puente—. Esta es una ubicación ideal —comentó Rachel mientras subía los escalones hasta el porche envolvente—. Es bonito.

Un hombre apareció en la puerta principal.

—Pasen, amigos. Hola, Joe. —El agente inmobiliario les abrió la puerta.

—Esta es mi esposa Rachel. Don es el agente.

Intercambiaron saludos mientras Rachel y Joe entraban en la casa.

Una sala de estar bastante grande les dio la bienvenida y estaba muy bien montada con muebles de aspecto antiguo. La chimenea de ladrillo daba un toque acogedor a la zona. A la izquierda había una escalera abierta que conducía al segundo piso. Las molduras decoraban el techo con un diseño que hacía juego con ciertas zonas de la chimenea. Rachel atravesó el arco que conducía al comedor. De nuevo, decorado con muebles de aspecto antiguo, se sintió transportada al pasado. A la derecha había una puerta que conducía a la cocina. Aunque no era una cocina grande, tenía ciertas cualidades que la hacían sentir hogareña, como los armarios pintados de blanco.

—¿Los muebles vienen con la casa? —preguntó Rachel.

—Sí, todo lo que ve va con la venta —contestó Don.

Rachel y Joe abandonaron esa zona y subieron la escalera

hasta el segundo piso. Había cuatro dormitorios y un baño, con una bañera de patas.

—Mmm, ¿un baño? —preguntó Rachel—. No creo que sea suficiente si los cuatro dormitorios están ocupados por personas no relacionadas.

—No, no lo es —acordó Joe, de pie junto a la bañera—. Necesitaría añadir un baño.

—Bien, eso es un asunto costoso. Si no, habría que pintar, pero eso es algo más económico —planteó al entrar en uno de los dormitorios—. Santo cielo, ¿qué es eso?

Rachel se quedó helada mientras miraba el mueble empotrado en la pared. En cada uno de los tres estantes había una colección de muñecas antiguas. Muñecas muy antiguas y de aspecto espeluznante.

—La colección de muñecas. También están incluidas en la venta —señaló Don—. La bisabuela del propietario tenía las muñecas.

—Definitivamente espeluznante —opinó Rachel—. Es como una pared de pequeñas caras que nos devuelven la mirada.

Joe rio.

—Oh, son lindas, Rachel. Relájate.

Rachel giró sus ojos hacia Joe.

—¡Tienes que estar bromeando!

Bajaron las escaleras, y Joe se excusó por él y por Rachel para que pudieran hablar en privado. La pareja salió al porche.

—¿Qué te parece? —preguntó él.

—Creo que es una buena idea, menos las muñecas.

Joe negó con la cabeza.

—No me molestan. Ignora esa parte. ¿Y el resto de la casa? Me gusta.

—A mí también.

—¿Debemos hacerlo?

—Voto por el sí.

Joe volvió a entrar en la casa. Rachel se quedó fuera, apoyada en la barandilla mientras miraba el río a través de Beach Street. Así era como siempre hacían las cosas. Cuando estaba bien, estaba bien. Siempre lo sabían. No tenía sentido darle vueltas a la cuestión.

—Tienes un trato —avisó Joe a Don.

—¡Estupendo! —exclamó Don, y tomó el papeleo de la mesa —. Hay que rellenar todo esto y luego podemos fijar una fecha para la venta.

—Gracias, Don.

—Un placer, señor Barnes.

DOCE

ANGIE SALIÓ del trabajo a las cinco. Se apresuró a llegar a casa para ducharse y vestirse para su cita con Josh. Estaba ansiosa por verlo, por ver qué pasaba esa vez. Por ver hacia dónde iba esa relación. Aunque realmente no era una relación todavía.

—¡Hola! —gritó mientras entraba en el apartamento de sus padres.

Nadie contestó, así que se dirigió inmediatamente a su dormitorio para prepararse. Después de ducharse y lavarse con champú para quitarse el olor a grasa, se alisó rápidamente el pelo y se aplicó un mínimo de maquillaje. Se apartó del espejo y aprobó su aspecto. Pantalones blancos, top turquesa que mostraba un poco de escote, y auténticas joyas turquesas en las orejas, los dedos y la muñeca. No sabía a dónde iban, solo que él había dicho que fuera informal.

—Miau. —Precious estaba zigzagueando entre sus tobillos—. Miau.

—¿Tienes hambre? —Angie sacudió un poco de comida crujiente en el plato de la gata. Eso puso fin a la discusión gatuna. Precious se abalanzó sobre la comida, agitando su tupida cola en el aire mientras masticaba con satisfacción.

Cuando oyó el timbre, Angie se dirigió a la puerta. Su estómago dio un vuelco al abrirla.

—Hola, preciosa.

—Hola.

—¿Lista?

—Sí, déjame tomar mi bolso. —Angie estiró el brazo detrás de la puerta para tomar su bolso del pomo del armario—. Lo tengo.

Bajaron en silencio por el ascensor. Para romper ese silencio, Angie preguntó a dónde iban.

—Un lugar en el océano. Un tipo que conozco lo dirige. Buen pescado.

—Oh, genial. Suena bien.

—Mi coche está allí —indicó él, señalando en la dirección donde estaban aparcados un Cadillac y un Porsche. Ella se preguntó cuál sería el suyo.

Josh se dirigió al lado del pasajero del Porsche de marfil, desbloqueó y abrió la puerta para ella.

Angie se dejó caer en el asiento y balanceó sus largas piernas bajo el tablero.

—Bonito coche.

Josh sonrió y cerró la puerta.

Angie miró cuidadosamente el coche, tratando de no ser evidente. Parecía ser un modelo nuevo. Caro y extravagante para que lo condujera un joven. No pudo evitar pensar que su padre debía de pagar bien. Realmente bien.

Llegaron a un restaurante que parecía bonito por fuera y chillaba *Florida* por dentro con su decoración. Había conchas de caracol pegadas a las paredes de tablillas marrones desgastadas, junto con algunas redes de pesca. El mobiliario tenía un aspecto rústico y desgastado, probablemente desgastado a propósito. Las mesas de madera oscura tenían manteles y servilletas blancas, con un farol en el centro de cada mesa. En la entrada, una gran pecera sobresalía en la zona de espera.

Nada más entrar, les indicaron una mesa, a pesar de que había seis parejas esperando. Se sentaron junto a una ventana que daba a las olas del océano, que rompían en la orilla. La vista era espectacular. Angie se dio cuenta de que el único color brillante en el gran comedor eran las cortinas anaranjadas atadas con una cuerda de color aguamarina.

Los camareros eran todos hombres. Un joven de pelo oscuro y bigote se acercó rápidamente a su mesa.

—Buenas noches. Soy Jerry.

—Hola, Jerry —saludó Angie—. Yo también sirvo mesas.

—Oh, qué bien. ¿Quiere algo de beber? —Jerry se apresuró a seguir, sin tomarse tiempo para una pequeña charla.

—Bueno, sí, un vaso de té helado.

—¿No quieres una bebida de verdad? —le preguntó Josh.

—No, quiero té helado.

—Quiero un vodka martini, seco, con hielo, y dos aceitunas —pidió Josh al camarero. Miraron el menú que el joven había dejado para cada uno de ellos. Josh la miró seriamente desde el otro lado de la mesa—. ¿Qué te parece bien? Lo que quieras, pídelo.

—Mmm, estaba pensando en el filete de atún —contestó. No era el plato más caro del menú, pero tampoco era el más barato.

Josh sonrió.

—Eres de las mías. A mí también me gusta el atún. Ordenaré lo mismo. —El camarero regresó con sus bebidas y tomó el pedido de dos filetes de atún poco hechos—. ¿Cómo va el trabajo? —preguntó.

—Mejor. Me he acostumbrado.

—¿Y ese hombre que te acosa?

—Brian ha hablado hoy con él y le ha dicho que me deje en paz o le pedirá que no vuelva —explicó ella, colocando la servilleta en su regazo.

—Bien.

—Pero eso fue después de que James tratara de meterme en su coche cuando volvía a casa.

La mandíbula de Josh se tensó notablemente como reacción.

—Por fortuna, dos moteros a los que había atendido acudieron a mi rescate. James se fue, y ellos me acompañaron el resto del camino a casa. —Angie lo miró, esperando que Josh se alegrara de que todo se solucionara. Pero pudo ver que estaba agitado.

—Dime si vuelve, y me encargaré de ello —exigió con severidad—. Lo digo en serio.

Los ojos de Angie se abrieron de par en par ante su afirmación.

—No es nada para preocuparse. Está controlado.

—Y si no lo está, házmelo saber.

Angie le dedicó una pequeña sonrisa y cambió de tema.

—¿Cómo fue tu viaje?

—Ocupado y estresante a veces.

—Oh, ¿por qué?

—Odio volar. Odio los aeropuertos, las multitudes... se vuelve molesto.

—Me encanta volar.

—A mí no. Y tratar con la gente en los negocios es estresante. Prefiero estar contigo. —Tomó un sorbo de su bebida, mirando al otro lado de la mesa, y luego le dedicó una gran sonrisa. Cuando lo hizo, los hoyuelos de ambas mejillas resaltaron.

—Qué dulce. Así que ahora ya lo estás. —Tomó un sorbo de su té helado.

Josh levantó su copa hacia ella.

—Un brindis: por la mujer más bella de la sala.

Angie tocó su copa con la suya y sonrió.

—Te gusta hacer muchos cumplidos. —No era que a ella no le gustase que la halagaran, sino que él lo hacía de forma exagerada.

—Solo a las personas que lo merecen.

Después de más charla, el camarero llegó con sus filetes de atún, y colocó los grandes platos delante de ellos. El aroma del atún le hizo la boca agua. La cena también incluía puré de patatas al ajo, espárragos y panecillos. Angie estaba encantada con su comida.

—¿Cómo fue el negocio, además de estresante? —preguntó Angie.

—Trato con imbéciles. Algunos son escoria —contestó, pinchando el costado de su atún con un tenedor.

Angie parpadeó al oír la palabra *escoria*.

—¿De verdad? ¿Cómo es eso?

Josh pareció contenerse: se dio cuenta de que estaba diciendo demasiado. Sonrió a Angie mientras tomaba un bocado de atún.

—Oh, ya sabes, algunas personas son prepotentes, quizás no tan honestas como otras. Tratan de estafarte. Y yo tengo que limpiar el desastre.

—Ya veo. —Pero Angie no tenía ni idea de lo que quería decir—. ¿Qué desastre?

Josh suspiró mientras pensaba qué decir a continuación. Angie se dio cuenta.

—Cuando alguien hace un desastre en el negocio, tengo que ir y enderezarlo. A la gente no le gusta eso.

—Por supuesto.

—Creo que esta gente es una basura. Idiotas. Unos desgraciados.

—Está bien. —Realmente no estaba bien que tuviera tan mala opinión de la gente, pero ella tenía que decir algo.

—¿Cómo está el atún? —preguntó él.

—Fantástico. Me encanta.

—Bien. —Josh volvió a sonreír a Angie.

Mientras tomaba un sorbo de su té helado, Angie se dio cuenta de que se estaba gestando una tormenta en el océano.

Los relámpagos chispeaban y luego se apagaban. Un espectáculo tan bonito... Debería haber sido la velada perfecta, el comienzo de dos personas que se conocían. Pero todo cambió después de eso.

—Estoy muy preocupada por Loretta —comentó Rachel mientras removía la sopa que había hecho desde cero. Siempre utilizaba la pesada olla de su madre cuando hacía sopa. Era una especie de reliquia, o al menos para Rachel.

—Está en buenas manos —afirmó Joe desde la silla junto a la pequeña mesa de la cocina—. Saldrá de esta.

—No lo sé. Tenía un aspecto terrible, y está muy débil.

—Mantén una actitud positiva.

—Lo intento, pero ya tiene una edad... —Rachel añadió más sal a la olla. Percibió el aroma del ajo mientras removía—. Le tengo mucho cariño.

—Sé que así es, pero creo que estás recordando a tu madre.

La madre de Rachel había muerto tras haber contraído una neumonía cuando tenía más de ochenta años. Las similitudes eran asombrosas.

—Podrías tener razón —aceptó ella, golpeando la cuchara contra el costado de la olla—. Vale, nota para mí: déjalo ya.

Joe sonrió a su mujer.

—¿Angie se unirá a nosotros para la cena?

—No, está en una cita con Josh.

—¿De verdad? ¿A dónde han ido?

—No lo sé. Le dijo que se vistiera de manera informal.

—Eso puede significar cualquier cosa, desde una película hasta un paseo por la playa o una cena en una hamburguesería.

—Dudo de que coman en una hamburguesería después de que Angie estuvo trabajando en una todo el día.

—Cierto. ¿Cuánto falta para la cena?

—Muy pronto. Puedes lavarte las manos, ya casi estamos

listos para comer. También puedes sacar las cucharas y los cuchillos. No necesitaremos tenedores.

Joe se lavó las manos en el baño y luego abrió el cajón de la cocina que contenía los utensilios, y seleccionó lo que ella había pedido.

—¿Mantequilla? —preguntó.

—Sí. Tengo pan en el horno.

—Lo sé. Puedo olerlo. —Joe colocó las cucharas y los cuchillos en la mesa del comedor y luego sacó la mantequilla de la nevera.

Rachel llevó los tazones de sopa a la mesa; luego, volvió para sacar el pan del horno, y lo colocó en una cesta. Ambos se sentaron a la mesa, y Joe dio las gracias.

—¿Ha buscado Angie un trabajo? —preguntó.

Rachel sabía que Joe se refería a un trabajo bien pagado. El que tenía en la cafetería se suponía que era temporal.

—No ha tenido mucho tiempo para buscar desde que empezó en Brian's Burgers —explicó Rachel, y sopló una cucharada de sopa—. También está cansada por el trabajo físico allí, así que no está muy motivada para levantarse temprano los pocos días que tiene para buscar.

—Puedo entenderlo —acordó Joe, tomando un bocado de pan—. Ah, esto está increíble. ¿Le pusiste ajo, o ese olor viene de la sopa?

—Ambos.

—Buen trabajo.

Rachel tomó su abanico y se echó aire a la cara.

—Cada vez que tomo sopa, mis sofocos empeoran.

—Pensé que eran temporales.

—Lo son, pero *temporal* puede significar un par de años.

—Oh.

—¿Joe? —Miró a su marido con una pregunta en los ojos—. ¿Qué piensas de Josh? ¿Es una buena influencia para nuestra hija?

—Parece estar bien, supongo. ¿Por qué?, ¿no te gusta?

—No hay nada que no me guste. Es encantador, guapo, muy educado, pero no sé. —Colocó el abanico sobre la mesa.

—¿Está funcionando tu intuición?

—Tal vez. O tal vez es solo una preocupación de madre.

—Dale algo de tiempo. Si no es bueno para Angie, lo veremos.

Un relámpago atravesó el cielo.

—Ooh, otra tormenta —anunció ella, tomando su primer bocado de pan.

—Como un reloj.

—Es Florida.

TRECE

ENTRARON en la unidad ochocientos diez. Angie nunca había estado en esa unidad, ni antes ni después del asesinato.

—Pensé que podrías conocer a papá —sugirió Josh—, pero no creo que esté aquí.

—En otro momento.

—Vamos allí —propuso él, señalando hacia el sofá—. ¿Quieres una copa de vino?

—No, gracias.

Josh se dirigió a la cocina mientras Angie se acercaba al sofá. Miró el mobiliario. Decididamente masculino. Muebles de cuero negro, mesas de cristal, un gran televisor de pantalla plana colgado en la pared. Por lo demás, las paredes estaban desprovistas de arte o de cualquier decoración. La habitación la dejó con una impresión fría.

Cuando salió, Josh llevaba una bandeja con dos vasos y una botella de vino. Apoyó la bandeja en una mesa frente al sofá y sirvió vino en las copas.

—Por nosotros —expresó, entregándole un vaso—. ¿Otro brindis?

—Pero no quería vino. —Angie se detuvo un momento para

ordenar sus pensamientos. Se sintió empujada a hacer un brindis con una bebida que no quería—. De acuerdo. Por nuestra incipiente amistad.

Josh levantó las cejas.

—¿Amistad?

—Todo comienza con la amistad.

—Sí, es cierto. De acuerdo, por la amistad. —Le dedicó una sonrisa con hoyuelos.

Chocaron las copas y Angie tomó un sorbo de su vino para satisfacer a Josh. Él no tardó mucho en hacer su movimiento, y se deslizó más cerca en el sofá. Rodeó a Angie con el brazo, y se inclinó para besarla, con el aroma del sándalo. Esa vez no fue un beso suave y corto. Iba en serio.

—Oh, mi vino —exclamó ella sosteniendo su copa más en alto—. Se me está derramando.

—No hará daño. Esto es cuero —señaló Josh. Giró su brazo libre hacia la mesa y colocó su copa allí; luego, tomó la copa de Angie y la puso junto a la suya.

De nuevo, se acercó para besarla. Cuando Angie se retorció un poco, él puso su mano en la parte superior de su brazo, presionándola contra el sofá. Ella sintió que su mano presionaba más cuando se retorcía en respuesta. Emitió protestas ahogadas cuando él insistió, y finalmente, tuvo que empujarlo. Su fuerte pecho no cedió. Al parecer, esa era la idea de Josh de una segunda cita, pero ciertamente no era la de ella.

Angie apartó la cara hacia un lado cuando él tomó aire.

—¡Para!

La expresión de la cara de Josh era de sorpresa.

—¿Qué?

—Para. Dije que pararas y lo dije en serio. No voy a hacer esto. —Su boca había formado una firme línea de determinación en su rostro.

Josh se apartó de ella, se reclinó en el sofá, y dejó caer el brazo a su lado.

—Lo siento. Solo pensé... —expresó encogiéndose de hombros.

—Bueno, piénsalo de nuevo. No va a suceder.

—De acuerdo —aceptó, levantando ambas manos en señal de rendición—. Bien.

Angie lo miró detenidamente a la cara, preguntándose qué lo había poseído para pensar que ella accedería. No creía haber dado ninguna indicación de que fuera fácil.

—Creo que debería irme —planteó, poniéndose de pie—. Gracias por la cena, fue maravillosa.

—¿De verdad tienes que irte?

—Sí. Tengo algo de tiempo mañana antes del trabajo para solicitar un empleo. Necesito dormir. —Angie caminó con paso decidido hacia la puerta principal—. Conozco la salida.

—Puedo acompañarte —se ofreció.

—No, estoy a salvo. Está bien. Buenas noches. —Ella no podía alejarse de él lo suficientemente rápido.

—Buenas noches.

Se dirigió al ascensor y pulsó el botón del cuarto piso una vez dentro. Mientras bajaba, pensó en lo que había sucedido.

Rachel estaba sentada en la mesa del comedor, sorbiendo lentamente su café matutino. Joe entró, mirándola con desconfianza.

—¿Te has levantado?

Eran las seis y treinta, más temprano de lo que Rachel solía levantarse.

—Sí. Estoy preocupada.

—¿Sobre qué?

—Nuestra hija. —Miró directamente a su marido por encima de la taza que sostenía entre las manos.

—¿Por qué te preocupas ahora?

—No vino a casa anoche.

—Estrangularé a ese imbécil si piensa... —Las palabras de Joe se ahogaron.

—Tengo pensamientos similares, excepto que los míos son más gráficos. —Rachel tomó otro sorbo de su café y luego continuó—: Entré en su habitación porque Precious estaba arañando la puerta. Pensé en decirle que diera de comer a la gata, pero no estaba en la cama. Todavía estaba perfectamente hecha. Así que alimenté a Precious. Entonces, vi su teléfono en el tocador. No se llevó el teléfono.

—Eso no es propio de ella. ¿Tal vez lo olvidó? —sugirió Joe —. Crees que pasó la noche con Josh, ¿no?

Rachel se levantó de la silla, sin responder a la gran pregunta que tenía en mente.

—Voy a subir a hablar con él.

—Estás en camisón.

Rachel le lanzó una mirada molesta a su marido.

—Por supuesto; pienso cambiarme antes de ir.

—Puedo ir contigo.

—No, déjame manejar esto. Te pondrás en plan macho y protector. —Ella sabía cómo podía ser él con respecto a Angie.

—Es mi hija, por supuesto que me pondré protector. Eso es lo que hacen los padres.

—Podría haber una buena excusa —planteó ella—. No estoy segura de cuál podría ser, pero voy a preguntar.

Joe suspiró de forma ruidosa.

—Vale, haz lo que quieras.

En cuanto Rachel se vistió con lo más fácil que encontró, unos vaqueros y una camiseta de manga larga, salió por la puerta. Pulsó el botón de la octava planta; de repente echaba humo, lista para la batalla. Su control estaba disminuyendo. Un comentario estúpido y, ¡zas!, se lo haría saber. Por supuesto, nunca había golpeado a nadie en su vida. Todo era una exageración en su cerebro.

Tras haber llegado al piso, se dirigió a la unidad ochocientos diez. Golpeó con fuerza y tocó el timbre. La puerta tardó un minuto en abrirse, dado que era temprano. Josh asomó la cabeza entre la puerta y la jamba.

—Oh, ¿Rachel? —Parecía con los ojos desorbitados.

—¿Dónde está mi hija?

—¿Su hija? No lo sé.

—No me vengas con tonterías, Josh. ¿Está Angie aquí?

—No. ¿Por qué cree que está aquí? —preguntó él, abriendo la puerta por completo. Parecía un hombre al que habían despertado del sueño, ya que estaba ante ella en bata, con el pelo revuelto.

—Porque no está en casa con nosotros.

Josh negó con la cabeza.

—Ese no es mi problema. Lo siento, Rachel, pero no tengo ni idea de dónde está Angie.

—¿No está contigo?

—No. Se fue de aquí anoche, alrededor de las diez.

—¿La acompañaste hasta nuestra puerta?

—No. Dijo que estaría bien. Este es un edificio seguro — respondió encogiéndose de hombros.

Rachel se quedó en silencio, mirando fijamente a Josh.

—Entonces, ¿dónde está ella?

—No lo sé.

Rachel se dio vuelta, incrédula. *¿Dónde está mi hija?* Regresó lentamente hacia el ascensor y pulsó el botón del cuarto piso.

—Joe —llamó mientras entraba en su unidad—. Ella no está ahí.

Joe estaba frente a la cocina, revolviendo huevos en una pequeña sartén. Rufus observaba todos sus movimientos. Se dio vuelta, con la sartén en la mano y la espátula en la otra, para mirar a Rachel.

—¿No estaba en su casa?

—No.

Joe volvió a poner la sartén en el fuego.

—¿Dónde puede estar? —preguntó. Rachel se limitó a mirar con ojos grandes a su marido—. Toma, siéntate y come los huevos. Yo voy a pasear a Rufus. —Joe puso los huevos en un plato y lo colocó sobre la pequeña mesa. Buscó en el cajón de los utensilios y sacó un tenedor; lo colocó al lado del plato—. Siéntate. Come. —Rachel obedeció, y se sentó en la silla. Miró brevemente los huevos antes de tomar el tenedor—. Aquí, Rufus. Hora del paseo. —Joe enganchó la correa en el collar. Rufus corrió hacia la puerta—. Vuelvo pronto. —Rachel masticó los huevos hasta dejarlos casi líquidos, mirando fijamente al espacio. Su cerebro estaba borroso, como si estuviera mirando la vida a través de un trozo de algodón estirado entre dos árboles durante Halloween. Joe regresó rápidamente con Rufus, casi jadeando en su prisa—. Tengo noticias sobre Angie —anunció, soltando la correa.

La cabeza de Rachel giró.

—¿Qué?

—Nuestro coche ha desaparecido. Debe de haber tomado el coche.

—¿El coche? ¿Por qué iba a tomar el coche? ¿Y dónde?

—No sé, pero ya no está en la plaza de aparcamiento.

—Ella no vino a casa anoche...

—Entonces debe haberlo tomado anoche.

—¿Para qué?, ¿para conseguir cigarrillos? Ella no fuma. ¿Qué podría ser tan importante para que saliera a altas horas de la noche? —Rachel miró sin comprender a su marido—. ¿Y sin su teléfono?

—Oye, estás preguntando al padre aquí. Estaba dormido.

—Esto se vuelve más loco. Todavía no estoy segura de que Josh no haya tenido algo que ver con esto.

Joe se encogió de hombros.

—Ni idea.

—¿Y ahora qué? ¿Llamamos a la Policía?

—No lo creo. Ella es un adulta y podría haber conducido (quién sabe dónde) y todo está bien.

—Entonces, ¿esperamos?

—Tenemos que esperar.

Rachel puso los ojos en blanco y sacudió la cabeza. Niños. La vida no era más fácil cuando se convertían en adultos.

CATORCE

MIENTRAS REBUSCABA en su bolso las llaves del piso, Angie vio la llave del coche sujeta al llavero. Angie pensó inmediatamente en dar un paseo. Para despejar su cabeza, pensar en lo que había sucedido. Cuando las puertas se abrieron en el cuarto piso, pulsó el botón de cierre y luego el del vestíbulo. Iba a dar un paseo.

Angie giró a la derecha al salir del aparcamiento, luego a la izquierda en el semáforo, y cruzó el puente hacia tierra firme. Pensó que un paseo cerca del río y de la zona del parque sería relajante, así que hacia allí dirigió el coche. Era muy tranquilo a esa hora de la noche. No había nadie en las carreteras secundarias, y el único sonido que oía era el de un búho a través de la ventanilla abierta. Justo cuando sintió que se relajaba en su conducción mientras zigzagueaba por las carreteras secundarias cercanas al río, la vida se convirtió en una pesadilla. En la única curva cerrada de la carretera, un camión que tiraba de un largo remolque se abalanzó sobre el coche de Angie. El conductor no solo iba demasiado rápido para tomar la curva, sino que ni siquiera debía estar en esa carretera. Y el pavimento estaba húmedo, lo que en Florida significaba que la carretera estaba resbaladiza.

Cuando el conductor del semirremolque trató de reducir su velocidad y de volver al carril correcto, el remolque se desvió delante de Angie. Ella frenó bruscamente para evitarlo, pero chocó con la esquina trasera, lo que la lanzó hacia un poste de luz. Observó con horror fascinado lo que ocurrió a continuación. Era como en las películas, donde todo ocurría, de repente, en cámara lenta. Su coche salió disparado del poste de luz, rebotó sobre unos arbustos y se estrelló entre los árboles, para finalmente caer de cabeza en un profundo pozo situado a unos cuatro metros de la carretera.

El mundo se quedó de repente muy quieto.

Pasaron minutos antes de que Angie se diera cuenta de lo que había pasado. No podía moverse; su cuerpo estaba congelado como si estuviera en las garras de un bloque de hielo en el ártico o en algún lugar igualmente frío. Estaba indefensa atrapada en el coche mientras giraba la cabeza para comprender dónde estaba. Los árboles parecían rodear el vehículo, lo que probablemente ocultaba su presencia a los que pasaban por allí. El coche de sus padres estaba suspendido sobre un pozo, capturado por las ramas rotas de los árboles. Tal vez un sumidero era un término más apropiado para el lugar donde se encontraba. Los faros iluminaban una zona cavernosa que parecía descender al centro de la tierra. Y entonces, los faros se apagaron.

La mente de Angie empezó a revolotear como uno de los molestos mosquitos que entraban en el coche. Se dio cuenta de que sus piernas estaban bien encajadas en el aplastado salpicadero. Aunque sus brazos estaban libres y podía girar la cabeza, había pocas posibilidades de que eso la liberara de ese trauma. El coche de sus padres era un desastre retorcido y destrozado. Se iban a enfadar mucho.

Su salvación fue el cinturón de seguridad que la sujetaba

cómodamente. El airbag se había estropeado y había soltado un mero soplo del tamaño de una bola de algodón. Imaginó que el camionero se había alejado, probablemente ajeno a su situación.

Pensamientos aterradores invadieron su cerebro.

¿Cuánto tiempo tendré que esperar para que llegue la ayuda?

¿Y si nadie me descubre aquí?

¿Y si nadie me encuentra nunca porque me he hundido más en este pozo sin fondo?

La ventanilla del lado del conductor había estado baja antes del accidente, por lo que el aire circulaba por ella. Al menos podía respirar con facilidad, aunque no podía mover nada por debajo de la cabeza y los hombros.

Podría morir aquí.

—No la hemos visto desde ayer —le contó Joe al policía—. Sabemos que algo va mal porque no se ha puesto en contacto con nosotros.

Cuando Angie no volvió al apartamento a las seis de la tarde, llamaron a la Policía para denunciar su desaparición. Ya sabían que algo iba mal. Un agente acudió a su unidad porque no tenían transporte.

—¿Y está en su coche? —preguntó el agente mientras anotaba los datos.

—Sí, a no ser que alguien haya robado casualmente nuestro coche al mismo tiempo —contestó Rachel.

—Es poco probable.

—Lo sé. Aquí está la matrícula y la descripción de nuestro coche. —Le entregó al segundo agente un papel que había preparado con los datos del vehículo.

—¿Conoce la zona? —preguntó.

—Nació en esta zona, así que sí, conoce el camino —respondió Joe.

—¿Es una suicida?

—¡Cielos!, no —afirmó Rachel—. Está bastante cuerda. Alguien la ha secuestrado o ha ocurrido algo horrible. No va a hacerse daño a sí misma. Pero debería hablar con Josh Brigham. Vive en la ochocientos diez. Fue el último en verla.

—Lo haré. ¿Sabe de alguien más que pueda haberla visto?

—No.

—¿Uno de ustedes dijo que tenía una foto? —El hombre miró de un lado a otro a ambos.

—Sí, aquí —contestó Joe, y se acercó a la foto que había sobre la mesa—. Esta es reciente.

—Bien, sacaremos esta información inmediatamente. Tener los datos del coche ayudará mucho y, por supuesto, la foto. —El agente se puso de pie, y ajustó la funda cerca de su pierna—. Los iré informando a medida que ocurran las cosas.

—Gracias, oficial —expresó Joe.

—Sí, gracias. Cualquier otra cosa que necesite, solo avísenos —agregó Rachel.

—Cuídense, amigos. —Ambos hombres salieron del condominio.

Joe y Rachel se quedaron cerca de la puerta, mirándose entumecidos. No era necesario decir nada. Conocían los pensamientos del otro después de tantos años de matrimonio.

La noticia de la desaparición de Angie se filtró a los residentes. Comenzó cuando la gente se dio cuenta de que Rachel y Joe andaban por ahí, pero su coche no estaba. Una cosa llevó a la otra y se corrió la voz.

—Lo siento mucho —fue lo primero que dijo Ruby al entrar en el despacho. Ethel estaba con ella, y llevaba un tapado sobre el traje de baño, para alivio de Rachel—. ¿Alguna novedad?

—No, ni una palabra. —La expresión de Rachel era claramente de dolor.

—Caramba. ¿Cómo puede alguien desaparecer? —planteó Ethel con voz gangosa, con las manos en las caderas.

—No lo sé. —El pecho de Rachel se hinchó con un suspiro—. Sigo rezando: "Dios protege a mi bebé".

La anciana la miró amablemente.

—Bueno, te dejo. Solo quería preguntarle si se sabía algo.

—Todavía no.

—Yo también rezaré por ella —anunció Ethel, y se dio vuelta para marcharse.

Ruby volteó desde la puerta justo antes de salir.

—Casi me olvido de decirte algo.

—¿Qué cosa?

—Creo que sé quién es el hombre del abrigo y el sombrero.

—¿De verdad? ¿Conoces a nuestro hombre misterioso?

—Sí. Creo que es mi exmarido, bueno, uno de ellos al menos. Bob Mason es su nombre.

—¿Tu ex? Qué te parece. —Rachel se sentó, divertida y confundida.

—Sí. No sé por qué estaría husmeando, pero es quien es.

—Gracias, Ruby.

QUINCE

ANGIE DECIDIÓ PENSAR EN POSITIVO, ya que estaba atascada en esa posición y no podía hacer nada. ¿Cómo ocuparía su tiempo? No esperaba que un camionero idiota condujera a demasiada velocidad sobre un pavimento húmedo y en una carretera en la que ni siquiera debía estar. Así que decidió darle un giro positivo a su situación. El punto de vista positivo era que siempre se abrochaba el cinturón de seguridad, y esa vez suceso no había sido diferente. El cinturón de seguridad le había salvado la vida. El coche había aterrizado boca arriba, aunque inclinado hacia delante. Estar boca abajo habría empeorado aún más una situación horrible. Por lo tanto, la vida podría haber sido realmente horrible en lugar de solo un poco.

Angie esperaba que alguien que pasara por allí la viera antes de pasar otra noche atrapada en el auto. Aunque no era una carretera con mucho tráfico, los coches pasaban periódicamente. Podía verlos entre los árboles, pero ¿podrían verla a ella? Solo hacía falta uno para verla en el pozo. Solo uno, y ella sería liberada. Por otro lado, ella realmente no sabía lo visible que era su coche desde la carretera, si lo era. Pero eso no era un pensamiento positivo.

A medida que avanzaba el día, la situación se volvía cada vez más aburrida, y Angie tenía más hambre con cada hora que pasaba. No había comido desde la cena con Josh. En ese momento, parecía que cualquier tipo de comida era un pensamiento fantasioso en el mejor de los casos hasta que fuera rescatada. Angie también tenía calor. Estaba brumoso y húmedo, el típico clima de Florida para esa época del año. Y tenía mucha sed. Buscó en el interior del coche una botella de agua. Vio una botella en el piso del lado del pasajero, pero alcanzarla era un problema. Entonces, vio un paraguas atrapado entre la mitad superior del asiento del pasajero y la parte inferior. Angie lo agarró con la mano derecha y movió el extremo hacia la botella. Consiguió arrastrarla hacia ella.

Ahora tenía que estirarse para alcanzarla. Acostada sobre su lado derecho, Angie extendió su brazo hacia abajo para alcanzar la botella. Gracias a sus años de práctica de yoga en los ashrams. Las yemas de los dedos tocaron el tapón de plástico, luego el cuello, y finalmente fue capaz de enroscar dos dedos alrededor del cuello de la botella. Un éxito.

Utilizando el volante, se incorporó de nuevo con el brazo izquierdo. Angie desenroscó el tapón y se llevó la botella a los labios, disfrutando del refresco líquido, con cuidado de no beberse toda el agua por si la necesitaba más tarde.

A medida que avanzaba la tarde, le entró sueño, sobre todo cuando oscureció. Todavía había humedad, pero menos. Se preguntó si podría dormir. Pero ¿qué otra cosa podía hacer? No podía ver la televisión ni hablar por teléfono. ¿Y dónde estaba su teléfono? Ni siquiera sabía dónde estaba su bolso. Angie decidió que podría dormir hasta que la ayuda viniera a rescatarla. ¡Pensaba en positivo! ¡La ayuda iba a llegar! Y fue entonces cuando comenzó la tormenta. Pronto la lluvia golpeó con fuerza el coche a través de la ventanilla abierta mientras los truenos retumbaban por encima, haciendo vibrar el coche y sus nervios. Cuando vio un rayo bailar en el cielo, sintió que el vehículo se movía unos treinta centímetros hacia abajo. Angie gritó y se congeló en su posición mientras la lluvia seguía empapando la mitad de su torso. No se atrevió a moverse por miedo a que el vehículo se hundiera aún más en el sumidero.

—¡Que Dios me ayude! —gritó. Tan rápido como llegó la tormenta, los truenos cesaron, el cielo se despejó y los relámpagos desaparecieron. La paz sustituyó a los momentos de terror. Y la humedad desapareció. Angie cerró los ojos e intentó dormir. Pero varias veces, durante la noche, se despertó al oír el murmullo de la fauna en los arbustos. Y también un ruidoso búho que ululaba cerca de ella. A sus distracciones e incomodidades se sumaba la sensación de que el asiento estaba empapado y la ropa pegada a medio cuerpo—. Por favor, Dios, ayúdame. Envía a alguien para que me encuentre aquí. Soy una buena chica. No robo, ni insulto, ni engaño, y no soy promiscua. Ayúdame, Dios. —Las lágrimas comenzaron a recorrer sus mejillas.

Las cosas están realmente mal cuando empiezo a suplicar a Dios. Ella sabía que no debía negociar. Esa no era la manera de conseguir lo que necesitaba. Pero la oración sí lo era. Se había criado como cristiana, había asistido a la escuela dominical, había ido a la iglesia, había pasado semanas en el campamento cristiano y en el campamento de verano... todo. Pero de adulta, se había desviado hacia las religiones orientales.

Supuso que buscaba respuestas o algo emocionante, una nueva aventura. Si no, realmente no sabía qué había estado buscando entonces ni por qué buscaba respuestas en otras religiones cuando la que tenía siempre la reconfortaba y satisfacía sus necesidades.

Su madre, que no había ido mucho a la iglesia cuando Angie era una niña, asistía con regularidad, leía la Biblia e iba a los estudios bíblicos. Ella había cambiado mucho, mientras que su padre siempre había sido religioso y seguía siéndolo. ¿Quizás era el momento de volver a sus raíces? Sus padres asistían a los servicios todos los domingos. Podía ir con ellos a la iglesia. Tal vez era el momento. *Solo tengo que salir de este pozo.*

A la mañana siguiente, Joe y Rachel se sentaron uno al lado del otro en el sofá. Se tomaron de las manos mientras Joe los guiaba en la oración. Por supuesto, la oración consistía en pedir que su hija volviera a casa sana y salva. Las lágrimas de Rachel corrían sin cesar por sus mejillas, una persiguiendo a la otra, mientras Joe pronunciaba las palabras en voz alta.

—Amén —expresaron juntos al final de la oración.

—Todo va a salir bien —le aseguró Joe a Rachel—. No te preocupes: Dios se encarga de esto.

Rachel asintió con la cabeza y trató de sonreír.

—Sí, por supuesto. Voy a la oficina. Me mantendrá ocupada.

—Buena idea.

—Tenemos la cena en la olla de barro.

—Parece un plan. —Joe palmeó el hombro de su mujer y se inclinó para besar su mejilla. Ella le dedicó una media sonrisa y se levantó para ir a su despacho.

Josh fue el primero en entrar en el despacho de Rachel, vestido de negro, como siempre. La saludó con la cabeza, dudando en hablar.

—Sí, Josh, ¿qué pasa? —Rachel no estaba muy ceremoniosa ese día. Estaba acumulando dolor.

—Solo quería saber si había oído algo.

—No, nada hasta ahora —respondió, sentándose de nuevo en su silla—. La Policía está buscando el coche. Creen que, si encuentran el coche, los llevará a Angie.

—Lo siento mucho.

Rachel miró al joven, tan alto y guapo.

—Fuiste el último en verla.

—Lo sé.

—Sigo pensando que estás más involucrado en esto de lo que dices.

—No, no lo estoy. No sé más que usted. Y eso es exactamente lo que le dije a la Policía.

Rachel fijó su mirada en el rostro de Josh. No le creyó. Su hija había desaparecido después de haber estado con él. Ni una llamada telefónica, ni un mensaje de texto. Algo no estaba bien en esa situación. Y, en su opinión, Josh estaba involucrado.

—Como sea, Josh.

—Lo siento mucho —se disculpó, y salió del despacho.

Rachel rechinó los dientes con frustración. Su preciosa hija, desaparecida. Las lágrimas brotaron de sus ojos. No siempre se habían llevado bien. Había estado ese periodo de tiempo en el que ella había sido una adolescente que buscaba su identidad y que quería ser independiente. Se habían enfrentado muchas veces, pero durante la actual época de la vida, en realidad, les iba bastante bien. Y sucedía eso. Sacudió la cabeza, se limpió las lágrimas con los dedos y siguió con el papeleo para mantenerse ocupada.

Rachel oyó un suave golpe en la puerta, y luego Penélope entró. Prácticamente nadie llamaba a la puerta antes de entrar, probablemente, porque pensaban que ella podía verlos acercarse a través de las paredes de vidrio.

—Hola, Penélope.

—Sí, hola. —La anciana la miró y luego suspiró—. Odio quejarme. Sabes que no lo hago a menudo, pero a veces uno tiene que decir la verdad.

—¿Qué pasa?

—Esa nueva vecina de mi piso. Creo que debe estar en el manicomio.

—¿De quién está hablando? —Muchos de los residentes mostraban una idiosincrasia tan grande que era difícil saber de quién estaba hablando.

—Gladys Porter. La del pelo salvaje. Ya sabes, la que se parece a Phyllis Diller.

—Oh, sí, se parece, ¿no? —Gladys era bastante nueva en el condominio. Por lo que sabía Rachel, era tranquila y reservada. Pero, si la anciana se portaba mal, se podía contar con Penélope para que informara del comportamiento—. Entonces, ¿qué está haciendo?

—Alrededor de las ocho de cada mañana, Gladys se pone las zapatillas y los pantalones cortos y sale a correr —explicó Penélope.

—¿Qué hay de malo en eso?

—Bueno, además de que no tiene por qué correr como si creyera que tiene dieciséis años, Gladys se para delante de mi unidad y canta como un gallo.

Rachel tuvo que reprimir una risa.

—¿Como un gallo? ¿Está tratando de despertarte?

—No sé lo que está haciendo. Solo creo que es un poco insensato cacarear en la puerta de alguien, ¿no? —Penélope apretó su cárdigan rosa más cerca de su cuerpo.

Rachel tuvo que estar de acuerdo: ese era un comportamiento extraño.

—Sí, es un poco extraño. ¿Por qué no le preguntas por qué está cacareando?

—Oh, no podría hacer eso. No. —Penélope negó con la cabeza—. Ese es tu trabajo.

Rachel no estaba de acuerdo. El cacareo no molestaba a nadie más que a Penélope. Pero tenía que aplacar a la mujer.

—Hablaré con ella la próxima vez que la vea, ¿de acuerdo?

—Sí. Eso es todo lo que pido. —La anciana se volvió hacia la puerta—. Gracias, querida.

Cuando Penélope se marchó, Rachel soltó un cacareo. Eso era nuevo; cacarear. Quizá la mujer era un poco excéntrica, pero parecía inofensiva. Y encajaba perfectamente con los otros residentes extravagantes.

. . .

—Espero poder dormir —le comentó Rachel a su marido entre que se cepillaba los dientes y escupía espuma.

—Conozco la sensación —expresó él—. Me pregunto lo mismo. Esto ha durado demasiado para no ser algo serio. Algo está muy mal.

—Sí. —Ella se miró en el espejo. Su rostro estaba demacrado. Parecía cansada—. Solo que no sabemos lo que es. —Ambos se metieron en la cama sin hacer ruido. Rufus se unió a ellos, y se tumbó a los pies de la cama; su cuerpo casi abarcaba el ancho. Benny se arrastró hasta situarse entre Joe y Rachel. Precious estaba secuestrada en el otro dormitorio esperando el regreso de su ama. Después de dar unas cuantas vueltas, Rachel pudo dormirse. Tampoco tuvo sofocos ni escalofríos. Durmió muy bien hasta las cinco, cuando se despertó sobresaltada—. ¡Joe! —gritó, dándole un puñetazo en la espalda para despertarlo—. ¡Sé dónde está! —Rachel continuó sacudiéndolo para que se despertara hasta que rodó sobre su espalda.

Joe miró a su mujer con los ojos entrecerrados.

—¿Qué? ¿Qué pasa ahora? —Había estado profundamente dormido y estaba aturdido, sin entender la excitación de su mujer.

Rachel le estrechó el brazo.

—Joe, sé dónde está Angie.

—¿Dónde?

—En una zanja. La vi en mis sueños. —Rachel era conocida por tener sueños proféticos. Los había tenido desde que era una adolescente. Cuando Eneida había sido asesinada, Rachel había soñado con ello antes de que sucediera. Y ahora eso.

—¿Dónde está la zanja? Ya puedo ir allí.

—¿En qué coche? No sé exactamente dónde está, pero puedo describirlo.

—Llamemos al detective France, él sabrá qué hacer —propuso Joe, levantándose de la cama—. También te creerá.

—Sí, eso es importante —señaló Rachel, dándose cuenta de que no todo el personal de las fuerzas del orden tenía una mentalidad tan abierta como la de France.

Joe se dirigió apresuradamente a la sala de estar y tomó el receptor del teléfono fijo. Quería que el número y la ubicación aparecieran en sus ordenadores cuando llamara a la central.

—Sí, el detective France —decía mientras Rachel entraba en la habitación—. Sé que es temprano, pero ella está desaparecida, y necesitamos que él venga aquí para poder darle cierta información. —Rachel se sentó en una silla mientras su marido se encargaba de la operadora del despacho—. Sí, lo sé, pero él nos conocerá, así que llámelo, ¿quiere?, por favor. —Joe negó con la cabeza mientras miraba a su esposa—. Bien, sí. Muchas gracias.

—¿Qué ha pasado?

—Dijo que lo llamaría y que él se pondría en contacto con nosotros —respondió Joe, sentándose al lado de Rachel.

—¿Cuánto tiempo?

—Ella no lo dijo.

—Mmm. Si tuviéramos un coche, podríamos ir a buscar nosotros mismos.

—Sí, bueno, el coche está con Angie.

—Así es. Tienes que alquilarnos un coche y yo prepararé café. No podemos volver a dormir ahora —planteó, levantándose—. Llama a una agencia.

—La última vez que hiciste esto, nos encontramos con un asesinato en la ochocientos diez. —Joe miró a su esposa con expresión de complicidad.

—Lo sé. Espero que el sueño sea solo una pista y no el preludio de una tragedia. —Rachel se dirigió a la cocina para preparar café.

Pasaron un par de horas hasta que sonó el teléfono. Joe atendió después de un timbre.

—¿Hola?

—Habla el detective France. ¿Joe?

—Sí, soy yo.

—Dijeron que tenía noticias sobre su hija desaparecida.

—Sí, Rachel tuvo uno de sus sueños. Pensó que la tomaría en serio, así que queríamos hablar con usted.

—Por supuesto. ¿Qué ha soñado?

—Lo dejaré hablar con Rachel. —Le hizo señas a ella para que se acercara a tomar el teléfono.

—¿Detective France? Habla Rachel. Sabía que lo entendería.

—Sí, señora. ¿Qué pasó en el sueño?

—Vi cómo un coche chocaba contra un poste de luz y salía volando por los aires. Aterrizó encima de unos árboles y cayó en un sumidero. Fue un poco exagerado, pero el coche cayó en un pozo o sumidero, algo así.

—Ya veo. ¿Qué más? ¿Dónde está el sumidero?

—No estoy segura, pero creo que está cerca del agua y hay muchos árboles alrededor. El coche podría estar escondido, me pareció. —Explicar los sueños a alguien era difícil para Rachel.

—¿Está Angie en el coche?

—No vi eso. Todo lo que vi fue el coche con el frontal doblado en una gran zanja o sumidero.

—Bien, haré que la patrulla mire alrededor del río. Ya que viven cerca, es un comienzo probable.

—Muchas gracias, detective France —expresó ella antes de colgar.

DIECISÉIS

ANGIE SE SENTÍA DÉBIL. Había bebido toda el agua disponible, tratando de estirarla al máximo. Al no haber comido durante tanto tiempo, se sentía temblorosa y confusa. Lo único que podía hacer era recostarse en el asiento y esperar. Y esperar. Eso era todo lo que había estado haciendo durante lo que parecían días, aunque no había pasado tanto tiempo. Soportaba a los mosquitos que atacaban como bombarderos en picada y se había aterrorizado un par de veces por los ruidos de los animales durante la noche. Su peor temor era que apareciera un caimán y se deslizara por la ventana. Pero no estaba segura de que hubiera en esa zona. Nunca había oído hablar de un ataque de caimán, pero no era una ávida lectora del periódico. Y no había vivido en la zona durante muchos años.

En la tranquilidad del entorno, oyó a alguien cantar. Era tenue, pero lo bastante fuerte como para reconocer la melodía. Una vieja pero buena; ella conocía la letra lo suficientemente bien como para cantarla. Angie trató de reunir las fuerzas suficientes para pedir ayuda. Los intentos anteriores habían sido infructuosos.

—¡Ayuda! —graznó con voz ronca. Esperó unos segundos, pero el cantante siguió cantando. Lo intentó dos veces más. Entonces ya no pudo oírlo. Sintiéndose abatida, Angie comenzó a llorar. Su única esperanza de ser rescatada, y se había perdido cantando en la distancia. Después de varios minutos de haber sentido lástima por sí misma, Angie escuchó algo que se movía en la maleza—. Oh, no, ¿ahora qué? —Imaginó que se acercaba un oso. O quizás una serpiente se deslizaba entre las hojas. ¿No podían trepar? ¿Tal vez subir al coche? Gritó con frustración.

—¿Señorita? ¿Está usted bien?

Un chico joven estaba justo encima de ella, en el borde del sumidero. Parecía tener unos doce años. La miraba desde arriba, agarrando una rama que tenía delante.

—Ayúdame... Ayuda.

—Buscaré ayuda, señorita.

El chico desapareció tan rápido como había aparecido. Los ojos de Angie se abrieron de par en par mientras su corazón bailaba en su pecho.

¿Viene la ayuda?

Joe abrió la puerta del despacho de Rachel a medias, metiendo la cabeza dentro.

—Toma tu bolso. La encontraron.

Rachel tomó su bolso, apagó las luces y salió por la puerta en segundos. Joe mantenía la puerta abierta hacia el exterior mientras un coche patrulla se acercaba a la acera. Un agente salió y les abrió la puerta trasera.

—Entren, amigos. Puedo llevarlos al hospital más rápido.

Rachel se deslizó por el asiento, y Joe se sentó a su lado.

—¿Qué sucedió? —preguntó Rachel.

—Está en el hospital de Halifax —contestó Joe—. Encontraron el coche cerca del río en un sumidero, como el que viste en el sueño. Ella está bien.

—Entonces, ¿cómo terminó allí? —Rachel exigía respuestas después de no haber tenido ninguna durante tanto tiempo.

—Señora —intervino el oficial desde el asiento delantero—, su hija va a estar bien. De alguna manera, acabó atrapada en un sumidero. Un niño la encontró y nos avisó cuando la buscábamos en esa zona. Es algo bueno, también. Estaba fuera de la carretera y en el socavón, así que no la habríamos visto al pasar por los árboles.

—Gracias, Dios —expresó Rachel, colocando las manos en posición de oración—. ¿Qué tan malherida está?

—Yo no estaba allí, así que no lo sé. No creo que sea malo. —Cruzó el tráfico en una intersección encendiendo las luces de emergencia y dejando sonar brevemente la sirena.

—Está bien, está bien. Todo va a salir bien —aseguró ella en voz alta para consolarse—. Todo está bien. Está viva, gracias a Dios, está viva. —Tras un breve recorrido, el agente detuvo la patrulla en la entrada de la sala de urgencias. Joe y Rachel atravesaron a toda velocidad la entrada hasta el mostrador de admisión—. Angie Barnes —anunció Rachel a la mujer que estaba detrás del mostrador con el pelo recogido en un moño—. La trajeron; somos sus padres.

—Por favor, siéntese. Voy a ver cómo está.

La mujer habló con alguien por teléfono y luego les indicó a Joe y a Rachel que volvieran al mostrador.

—Está asignada a la habitación trescientos doce y la llevarán allí muy pronto. Pueden subir y esperarla allí si quieren —planteó la mujer.

—Sí, queremos —afirmó Rachel.

Se apartaron del mostrador y salieron de Urgencias hacia la parte principal del hospital. Encontraron un ascensor y subieron en silencio hasta la tercera planta. Cuando se abrieron las puertas, encontraron rápidamente la habitación y se sentaron a esperar a su hija, sin hablar ninguno de los dos.

No tardaron en llevar a Angie a la sala en una camilla. Su

cara estaba pálida y marcada por lo que parecían muchas picaduras de insectos rojos, al igual que sus brazos. Por lo demás, no podían ver ninguna lesión.

—¡Angie! —gritaron ambos y saltaron al ver a su hija.

—Mamá, papá —expresó adormecida.

Los ayudantes la colocaron en la cama, y ajustaron el nivel de la parte que iba contra la espalda y acomodaron la almohada. Acercaron a la cama el aparato metálico con los fluidos que estaban conectados a su muñeca por tubos. Una vez que el personal se fue, empezaron a hablar.

—¿Cómo estás? ¿Qué pasa? —Ahora, de pie junto a la cama, Rachel hizo las preguntas con la voz más preocupada que jamás había utilizado como madre.

—Estoy deshidratada y no he comido en días, así que están tratando de rehidratarme y nutrirme —explicó lentamente, ahuecando la parte superior de la sábana con ambas manos—. También tengo un montón de picaduras de mosquito y mis piernas están muy magulladas. También tengo algunas laceraciones, pero aparte de eso, estoy bien.

—Estoy sin palabras —señaló Rachel—. Pensé que podrías estar muerta, o que alguien te había secuestrado.

Joe la miró seriamente desde el otro lado de la cama.

—Sí, por mi mente también pasaron pensamientos horribles. Pero estás viva y bien. Estoy tan aliviado… Estamos tan aliviados…

Rachel dejó escapar un largo suspiro de alivio y cerró los ojos.

—Gracias a Dios que estás bien.

—Hemos estado rezando por ti. Nuestra iglesia también ha estado rezando —comentó Joe—. Nuestras oraciones han sido respondidas. —Las lágrimas se formaron en sus ojos y bajó la mirada.

—Oh, papá. —Angie sonrió a su padre y luego a su madre—.

Ya puedes relajarte. Probablemente, me iré a casa mañana. Pero tengo una mala noticia.

—¿Qué? —preguntó Joe.

—Tu coche está destrozado. Tienes que conseguir un coche nuevo.

—Eso podría ser una buena noticia —acotó Rachel con una sonrisa.

—Sí, supongo que era de esperar —respondió Joe, frotándose la parte superior de la cabeza—. Cuéntanos sobre el accidente.

Acercaron a la cama las dos sillas disponibles en la habitación cuando Angie empezó a hablar.

—Bueno, saben que salí a comer con Josh. Cuando volvimos a casa, subimos a su apartamento. Quería que conociera a su padre —explicó ella, decidiendo omitir las insinuaciones que le había hecho Josh—. Más tarde, subí al ascensor para ir a casa y decidí dar un paseo en su lugar. Solo para pensar. Nunca se me pasó por la cabeza que te importara que usara el coche. Mejor que andar por ahí a altas horas de la noche, ¿no? Bueno, eso pensé. —Puso los ojos en blanco y tomó aire antes de continuar —. Conduje un rato cerca del río hasta que un camionero salió volando por una curva de la carretera. El pavimento estaba húmedo, derrapó, y el remolque salió disparado hacia mí. Frené, golpeé el remolque, reboté contra un poste de luz y caí en un pozo. Solo podía pasarme a mí. Probablemente, es el único socavón cerca del río, así que lo encontré.

—¿Qué pasó con el camionero? ¿No te ayudó? —preguntó Rachel.

—No sé qué le pasó. Tal vez no sabía que había caído en un sumidero —opinó Angie—. Nunca lo volví a ver.

—¿Y no pudiste salir? —inquirió Joe.

—No, el tablero estaba aplastado alrededor de mis piernas; no podía moverme. De ahí salieron todos los moratones.

—¿Qué has hecho mientras esperabas? —indagó Rachel.

—Absolutamente nada. Me aburría tontamente. Y me moría de hambre. No había nada que comer. Tuve suerte de encontrar una botella de agua que estaba delante del asiento del copiloto. Si no, no sé cómo habría sobrevivido sin agua. —Angie movió la cabeza para estar más cómoda.

—¿Y un niño te encontró? —preguntó Joe—. Eso es lo que me dijeron.

—Sí. Lo oí cantar y pedí ayuda. Se acercó y me vio, y luego fue a buscar a la policía. Bendito sea el corazón de ese pequeño. Ah, y después se volvió una locura cuando llegó la policía. Tuvieron que sacar el coche para poder llegar a mí. Temían que las paredes del socavón se derrumbaran y arrastraran el coche o a otras personas. —Sus ojos empezaron a brillar, indicando que se sentía emocionada—. Pero me dieron agua mientras eso ocurría. Luego tuvieron que usar unas herramientas hidráulicas para liberarme del coche. Fue increíble.

—Qué historia... Tenías un ángel que te protegía —señaló Rachel.

—Seguro que sí. —Angie sonrió ampliamente, y el corazón de sus padres se hinchó de amor.

Al día siguiente, Joe y Rachel se dispusieron a comprar un coche nuevo. Él quería un todoterreno, pero Rachel no creía poder ver por encima del volante.

—Algo más pequeño. Fácil de aparcar —sugirió.

Fueron a varios concesionarios, y terminaron en Kia.

—Siempre pensé que el Soul era tan bonito... —planteó Rachel, señalando hacia una fila de Souls de varios colores aparcados cerca.

El vendedor los acompañó hasta la fila de coches. Inmediatamente, Rachel se enamoró de uno blanco.

—Ese, Joe. Me gusta ese.

La pareja hizo una prueba de conducción para asegurarse de que Rachel estaba cómoda en el vehículo, y Joe lo consideró práctico. El coche tenía un gran kilometraje y un buen informe de consumo. Rachel miró a Joe con ojos grandes. Él conocía esa mirada. La mirada decía: “Cómpralo”. Y así lo hicieron.

DIECISIETE

CUANDO ANGIE ENTRÓ en la cafetería, un estallido de aplausos la recibió.

—¡Sí, Angie! —gritaba la gente.

Se sintió un poco avergonzada por la atención y no creyó merecer ningún elogio por haber sobrevivido a un accidente. Desvió la atención y entró en la cocina.

—¡Angie! Estábamos preocupados por ti —afirmó Brian—. Tu madre nos dijo que no sabían dónde estabas.

—Sí, me escondí en los arbustos con los mosquitos —bromeó—. Pero ya he vuelto.

—Tu admirador ha estado preguntando por ti —comentó Sara—. He estado atendiéndolo.

—Oh, no son buenas noticias —se quejó Angie, envolviendo el delantal alrededor de su cintura, sobre su uniforme rosa—. ¿Por qué no puede irse?

—Se lo dije —acotó Brian.

—Aparentemente no escuchó.

Angie entró en el comedor para empezar a preparar las mesas para el siguiente turno. No pasó mucho tiempo antes de que James entrara. En cuanto la vio, se le iluminó la cara. Una amplia sonrisa cruzó su rostro mientras se dirigía a un reservado en la sección de Angie.

—Hola, James —saludó Angie, sacando su anotador y su bolígrafo—. ¿Qué quiere hoy?

Él estiró la mano de golpe y le agarró la muñeca.

—Estoy tan feliz de verte a salvo…

—Ah, un pequeño accidente no puede retenerme —aseguró ella, tratando de hacer una conversación ligera—. ¿Su pedido?

—No estás ocupada, ¿por qué la prisa?

—Tengo otras cosas que hacer además de atender a los clientes. ¿Su pedido?

De mala gana, James dio su orden.

—Ya estamos otra vez —protestó mientras enganchaba el papel en el soporte metálico—. Ufff.

—Angie llevó una lata de refresco a la mesa para James, y dejó caer accidentalmente una pajilla. James le sujetó la mano antes de que ella pudiera levantarla del suelo.

—No te preocupes. Déjala.

—James —empezó ella—, sé que Brian le habló de dejarme tranquila. Esto no es dejarme tranquila.

—No quiero dejarte tranquila. Estoy enamorado de ti —planteó, mirándola a los ojos—. Y tú también podrías amarme, si nos dieras una oportunidad.

—No lo creo. Es mucho mayor que yo, así que no me interesa.

—Pero podría interesarte. Tienes que darle una oportunidad a nuestro amor —pidió él, aun sosteniendo su mano.

—James, no quiero. ¿Entiende? No quiero darle a lo que llama *amor* ninguna oportunidad ni atención, nada, no. —Angie retiró su mano y se alejó. Se escondió en la cocina hasta que llegó la orden—. Sara, llévale esto a James. Ya he terminado. —Angie entregó el plato a la otra mujer—. Puedes quedarte con la propina.

Sara se alejó con una sonrisa en la cara y el plato en la mano hacia donde estaba sentado James. Este pareció decepcionado al ver a Sara en lugar de a Angie. Sus ojos pasaron por alto a la camarera hasta llegar a donde Angie estaba de pie negando con la cabeza en dirección a James. Incluso pronunció la palabra *no* para que se entendiera. James comió rápidamente y se fue.

El resto de su estancia en la cafetería no fue tan agitada. Hasta que un flaco repartidor entró con un ramo de flores. Para Angie, por supuesto. No hacía falta ser un científico nuclear para saber de quién era el nombre que figuraba en la tarjeta adjunta.

—Me alegro mucho de que hayas accedido a reunirte conmigo —expresó Josh mientras se sentaba al otro lado de la mesa con Angie—. Te debo una disculpa por mi comportamiento. Y quería ver cómo estabas después de tu accidente.

—Estoy bien. Todavía tengo moretones en las piernas, pero se curarán —respondió ella. Cuando él le había enviado un mensaje, ella había dudado en responder, pero había decidido darle otra oportunidad. ¿Qué daño podía hacer? No había un desfile de chicos haciendo cola para invitarla a salir.

—Todavía tienes picaduras en la barbilla.

—Lo sé. Pero también se curarán.

—Tienes una actitud tan positiva... No sé si yo sería tan positivo si estuviera en tu lugar —opinó, dando un sorbo a la taza de café.

—¿Cómo puedo ser negativa? He sobrevivido. He vivido lo que podría haber sido un accidente incapacitante —contestó, levantando los hombros y sonriendo—. Dios es bueno.

—¿Crees en Dios? —preguntó él con el ceño ligeramente fruncido.

—Sí. ¿Tú no?

—No estoy tan seguro como tú.

—Mmm, bueno, Él existe —afirmó ella—. Lo sé.

—Me gustaría compensarte por haber sido tan insistente contigo. ¿Qué puedo hacer? —preguntó, cambiando de tema—. No suelo ser así.

Angie dudaba de que eso fuera cierto.

—No sé... Llévame de vuelta a ese restaurante y podemos empezar de nuevo... Como si nada hubiera pasado.

—Me gusta esa idea.

—A mí también.

—Entonces, ¿has vuelto a trabajar? —preguntó él, cambiando otra vez de tema.

—Sí. Ahí no ha cambiado nada —respondió ella, dando un sorbo a su café con leche.

—¿Qué pasa con ese tipo que te ha estado molestando?

—Ahí tampoco ha cambiado nada. Es implacable, a pesar de que Brian habló con él —Ella sacudió la cabeza—. Y para colmo de males, ha mandado enviar flores a la cafetería para mi regreso. Qué vergüenza.

La mandíbula de Josh se tensó.

—No entiendo por qué este viejo no puede captar una indirecta. ¿Y las flores? Hay que hacer algo con él.

—Lo sé, pero no acepta un *no* por respuesta. No sé qué hacer. —Ella apartó el pelo de su cara, que tapaba la taza de café.

—Yo sí.

—Cariño, estaba tan asustada por ti… —expresó LuAnn, tamborileando con sus largas uñas en el costado de su taza—. No puedo imaginar por lo que estuviste pasando.

—Debió de ser horrible —opinó Olivia, con los ojos muy abiertos y sin aliento—. Seguro que me habría echado a la cama si faltara alguno de mis bebés.

—Fue horrible. Me vi perdiendo a mi hija, mi única hija, y posiblemente nunca encontrando su cuerpo para saber qué había pasado —comentó Rachel, batiendo las pestañas para contener las lágrimas.

—Preciosa niña —Olivia apoyó una mano reconfortante sobre la muñeca de Rachel.

—Menos mal que eso ha terminado. Ahora podemos volver a nuestros dramas normales —indicó LuAnn, y levantó su taza hasta sus labios sonrosados.

—Entonces, ¿cuál es tu drama actual? —preguntó Rachel—. Siento que he estado fuera de contacto por un tiempo. ¿No va bien tu actuación?

—Oh, sí, es estupendo, no hay problemas.

—Entonces, ¿cuál es tu problema? —inquirió Olivia, acariciando los lados de su peluca. Tenía una nueva, muy frondosa y más recta que la que solía llevar.

—Derks. ¿Qué otra cosa podría ser? —LuAnn tomó un sorbo de su bebida.

—¿Qué tiene de malo? Pensé que era el hombre perfecto en todos los sentidos —planteó Rachel.

—Realmente lo es, cariño, solo que no se compromete —respondió LuAnn, colocando la taza en la mesa—. No quiere ver a otras mujeres, solo a mí. No quiere un futuro sin mí. No quiere actuar con nadie más que conmigo.

—Mi oído es perfecto —señaló Rachel—. En ninguna parte de esas frases he oído una negativa.

—Oh, no, nada de eso es negativo. Solo que no quiere hablar de matrimonio. Eso es negativo. —LuAnn usó ambas manos para levantar la parte superior del top azul, que se había deslizado hacia abajo sobre sus pechos grandes para poder ocultar algo de su amplio escote.

—Ser soltera tiene sus ventajas —acota Olivia—. Llevo mucho tiempo soltera, desde que murió mi marido. Cuanto más tiempo pasa, más disfruto de mi independencia.

LuAnn dirigió toda su mirada a Olivia.

—Esa eres tú, no yo. Quiero un marido.

—Bueno, si quieres mi opinión, prefiero el matrimonio —intervino Rachel—. No puedo imaginarme la vida sin Joe. Él ha sido mi pilar a través de muchos problemas. Me ayudó cuando descubrí que tenía diabetes, por nombrar un gran problema con el que tuvimos que lidiar. Y recientemente, al pensar que habíamos perdido a nuestra pequeña.

—Cariño, Joe es un tesoro, no hay duda. Pensé que Derks también lo era —comentó LuAnn, haciendo puchero.

—LuAnn, solo han estado viéndose durante, ¿cuánto?, ¿unos pocos meses? —planteó Olivia—. Dale un respiro al chico. Dale más tiempo. Probablemente, se deje convencer cuando lleven un año juntos.

LuAnn puso cara de asombro ante esa idea.

—¿Un *año*? No quiero perder un año de mi vida si esto no va a ninguna parte.

—Creo que va a alguna parte, LuAnn —opinó Rachel—. Él no está interesado en una vida personal ni profesional sin ti, según lo que acabas de decir. Así que dale tiempo. El matrimonio es un gran paso. Dale un poco de margen al chico, ¿vale?

LuAnn miró a su amiga, sopesando cuidadosamente lo que decía.

—De acuerdo. Intentaré ser paciente.

—Buena chica.

—Salud por eso —brindó Olivia, levantando su copa.

DIECIOCHO

EL PADRE DE ANGIE estaba relajado en el balcón, disfrutando de una noche tranquila. Habían terminado de cenar. Su madre estaba leyendo en el dormitorio, y ella veía la televisión en el salón. Sus padres acababan de cerrar el trato por su inversión, así que su padre se sentía inspirado para empezar a trabajar en la casa. Las tareas de mantenimiento tendrían que compaginarse con el nuevo trabajo de arreglar la casa victoriana. Esa noche, disfrutaba leyendo el periódico. La vida había vuelto a la normalidad después de que la encontraran en el sumidero.

—¡Santo cielo! —exclamó Joe, dando una segunda lectura a las primeras frases de un artículo y continuando hasta el final. Se levantó de la silla y entró; le lanzó el periódico a Angie—. Lee ese primer artículo. Ese es tu restaurante.

Angie abrió el periódico donde aparecía el título: "Ataque a un comensal en restaurante".

—¡Santo cielo, alguien fue atacado en mi restaurante!

Rachel salió del dormitorio, vestida con un camisón rosa pálido y con un libro en la mano.

—¿Qué ha pasado?

—¡No vas a creer esto! —chilló Angie, obviamente molesta. Leyó una parte del artículo en voz alta—: Un hombre conocido por frecuentar Brian's Burgers fue brutalmente atacado en el estacionamiento después de su comida. Los empleados dijeron que lo conocían como "James"—. ¡Mamá! ¡Lo conozco!

—¿Cómo lo conoces? —preguntó Joe.

—Es un cliente habitual. Lo atiendo todo el tiempo. Le gusto un poco. Un poco demasiado, en realidad. ¿Recuerdan que les hablé de él? —preguntó Angie, mirando de un lado a otro a sus padres—. Y fue atacado.

—Dice que no hubo testigos —señaló Joe.

—Sí, otro cliente lo encontró tirado en el suelo y llamó a la Policía. —Angie cerró el periódico—. No saben si se recuperará.

Se sentía mal por James. También tenía algunas sospechas sobre el atacante. Josh había mencionado que "había que hacer algo" con respecto a James. ¿Podría haber llevado a cabo su insinuación de que sabía cómo ocuparse de las cosas? ¿Era ese tipo de hombre?

Angie se disculpó con los padres y entró en su habitación. Encendió su portátil y buscó el nombre de Josh en Google. No aparecía nada sobre él en el ámbito local. Le llevó algún tiempo revisar los registros municipales en algunos estados en los que él había mencionado tener negocios. Se dio por vencida después de no haber tenido éxito. Nevada era el lugar más probable para buscar. Finalmente, localizó una detención suya en ese estado. La foto de la ficha policial que acompañaba al informe dejaba claro que se trataba de la persona adecuada. El informe indicaba que el arresto se había producido hacía dieciocho meses y que había sido por agresión con agravantes. Un hombre había sido golpeado gravemente en el aparcamiento de un casino de juego. Era una situación familiar. ¿Agredir a un hombre en un aparcamiento? Buscando más información, Angie encontró registros que indicaban que Josh había evitado el cargo debido a un tecnicismo durante el arresto. En la mente de ella, eso significaba que él había hecho el acto, pero se había salido con la suya debido a un trabajo policial descuidado.

Angie levantó la vista del portátil. *¿Quién es Josh Brigham?*

Rachel estaba en su despacho clasificando las solicitudes de residencia. Ruby entró sonriendo. Llevaba un vestido verde que le sentaba muy bien. El color acentuaba su pelo rojo intenso y su lápiz de labios rojo brillante. Rachel no estaba segura de haberla visto alguna vez con un vestido.

—Tengo a alguien que quiero que conozcas —anunció Ruby, extendiendo la mano hacia la puerta para hacer entrar a un hombre alto de pelo blanco y vestido con traje—. Rachel, este es Bob Mason. Mi exmarido.

Rachel se levantó inmediatamente para saludar al hombre, y extendió la mano hacia él.

—Estoy encantada de conocerlo, Bob.

—Es un placer conocerla, jovencita —respondió cordialmente—. Las mujeres de Florida son preciosas.

Rachel rio.

—Oh, es todo un encanto, ¿eh?

—Si es así, es solo porque usted lo saca a relucir —aseguró Bob a través de unos dientes muy blancos.

—Lo siento, solo tengo una silla —planteó, señalándola—, pero por favor, quédense a charlar.

Ruby tomó la silla, y Bob se puso a su lado.

—¿Estará mucho tiempo en la ciudad?

Bob miró a Ruby.

—Eso depende de ella.

—Puede quedarse todo el tiempo que quiera —afirmó Ruby —. Tenemos que ponernos al día.

—Me parece que sí —acordó Rachel, sentándose de nuevo en su silla—. Pero ¿cómo ha llegado hasta aquí?

Bob giró la cabeza como si estuviera aflojando el cuello.

—Empecé a echar de menos a Ruby, así que contraté a un detective privado para encontrarla. La primera vez que vine aquí, no pude entrar.

—Sí, lo sé. Recibí un informe de un hombre vestido de forma extraña para Florida, que intentaba entrar.

—¡Ja! Ese era yo. Lo intenté de nuevo, pero no hubo suerte. Seguí intentándolo, pero nunca acerté a seguir a alguien hasta el interior —explicó con un pequeño suspiro—. Finalmente, me rendí y contacté con Ruby.

—¿Por qué no lo hizo desde el principio? —preguntó Rachel.

—Quería aparecer en su puerta, ser una gran sorpresa. ¡Tarááán, aquí estoy! —Le dio una palmadita en el hombro sobre el que tenía la mano apoyada.

—Fue una sorpresa, sin duda —señaló Ruby, sonriendo al hombre y tocando su mano en el hombro—. No nos hemos visto desde que teníamos cincuenta años.

—¿Tanto tiempo? Bueno, supongo que ambos han cambiado considerablemente desde entonces —comentó Rachel, sonriendo a la pareja.

—Oh, Ruby sigue siendo mi estrella brillante —respondió Bob—. Apenas ha cambiado.

Rachel y Ruby sabían que eso no era cierto, pero la anciana seguía sonriendo por el cumplido.

—¿Cuánto tiempo estuvieron casados?

—Unos cinco años, ¿verdad? —consultó Ruby, mirando a Bob.

—Sí, cinco años. Cinco años agitados.

Ruby se rio.

—*Agitados*, esa es la palabra. No estaba preparada para sentar cabeza. Él era un jugador por aquel entonces. Simplemente lo hicimos en el momento equivocado.

—¿No estabas preparada para sentar cabeza a los cincuenta años? —preguntó Rachel.

—No, yo no —contestó ella, agitando la mano en respuesta—. Y fue mi cuarto marido.

—¿Cuarto?

—Oh, sí —asintió—. Tuve otros dos después de eso.

—¡Ruby! ¡Estás loca! —Rachel no podía creer lo que estaba escuchando. Nunca había conocido a nadie que tuviera seis matrimonios.

—Pero este tipo era el mejor de todos —aseguró Ruby, y estiró la mano para tocarle el brazo—. Me mimó mucho.

—Te merecías todo —afirmó él, dándole una palmadita en la mano.

—Bueno, puedo ver que ustedes dos son una pareja para tener en cuenta.

Rachel estaba muy contenta.

DIECINUEVE

JOSH CORRIÓ la silla para Angie y la acercó a la mesa. Se sentaron en la misma mesa del mismo restaurante al que habían ido antes. Una vez más, se les había dado un trato preferencial cuando habían llegado. El camarero trajo dos menús y se fue después de tomar su orden de bebidas.

—¿Qué te gustaría? —preguntó Josh mientras repasaba el menú.

—¿Ostras? Eso me parece bien.

—Puaj, blanda y viscosa. —Josh frunció el ceño.

—No cuando se fríen.

—Igual no me gustan.

—Mmm, tú te lo pierdes. Son deliciosas. —A Angie no le importaban sus preferencias. Ella amaba las ostras.

El camarero le trajo a Angie un vaso de té helado y a Josh un Martini.

—La señora comerá las ostras fritas —anunció Josh—. ¿Ensalada de repollo? —le preguntó a ella.

—Sí, por favor, ensalada de repollo con las papas fritas.

—Elegiré el mero, patata asada y ensalada de repollo.

—Muy bien —acordó el mesero y se fue de nuevo.

—Intentemos otro brindis —sugirió Josh, levantando su copa—. Por una maravillosa noche con una hermosa mujer.

Angie levantó su vaso y chocó contra la copa de él.

—Gracias. —Llevaba un vestido azul que resaltaba el color de sus ojos azules. Tenía pendientes de perlas, que asomaban por debajo de su cabello suelto, y un collar a juego de una sola vuelta adornaba su cuello. Su madre le había regalado el conjunto para una Navidad porque creía que toda mujer debía tener perlas.

Giró la cabeza para mirar el mar que se acercaba a la orilla. Era impresionante y poderoso. La majestuosidad de la madre naturaleza, el poder y la belleza. Se volvió y estudió el rostro de Josh. Parecía menos relajado esa noche.

—¿Cuánto tiempo estarás en la ciudad? —preguntó.

—No estoy seguro. Hasta ahora papá no necesita que vaya a ninguna parte. Todo está tranquilo. —Después de decir esas palabras, añadió rápidamente una sonrisa, como si fuera una idea de última hora.

—¿Has estado alguna vez en Diablo, Nevada? —Ese era el pueblo donde, según Angie ya sabía, él había asaltado a ese hombre.

Josh pareció sorprendido al escuchar el nombre, pero se recuperó rápidamente.

—¿Diablo? No que yo recuerde. ¿Por qué?

—Tengo una amiga allí y me invitó a visitarla —contestó, preparada con una mentirilla—. Me preguntaba cómo sería.

—No sabría decirte, pero he estado en Nevada muchas veces. Hace calor y es seco. Prefiero el clima de aquí. —Revolvió la aceituna pinchada en el palillo dentro de su vaso—. No vayas en verano. Hace un calor brutal.

—Mmm, me imagino.

—¿Has estado buscando otro trabajo? —inquirió para alejarla de Nevada.

—Un día tuve la oportunidad de asistir a una entrevista para dos, pero luego tuve ese accidente, así que no seguí —respondió, deslizando su cabello detrás de la oreja—. Tengo que ponerme en serio a buscar trabajo.

—Sí, o estarás en esa cafetería para siempre.

El camarero les llevó la comida a la mesa. Las ostras parecían muy bien cocinadas, pero los ojos del mero de Josh, que miraban desde el plato, repugnaban a Angie. Nunca pudo comer nada que le devolviera la mirada desde el plato.

—Disculpa —expresó ella, apoyando un menú de postres en el farol del centro de la mesa, lo que bloqueaba la vista del plato de Josh—. No puedo mirar los ojos de ese pescado. Es asqueroso.

—¿Estás bromeando?

—No, definitivamente no estoy bromeando.

Josh la miró con asco y negó con la cabeza.

—Como sea. A veces me como los globos oculares.

—Ahora estás bromeando. Espero.

—Sí, estoy bromeando. —Josh rio ante su expresión de asombro.

Angie miró sus ostras, y se preguntó si podría comerlas después de ese comentario. Respirando hondo, cortó una por la mitad y sumergió esa porción en la salsa tártara, luego la metió en la boca. Estaba perfectamente cocinada, así que se relajó para comer su cena, evitando cuidadosamente mirar a Josh mientras se llevaba el pescado a la boca.

—¿Quieres postre? —preguntó él después de terminar su comida.

—No, trato de evitar los dulces.

—Yo también. ¿Café?

—Claro. Eso estaría bien.

El camarero tomó sus platos, y volvió con café y un trago de brandy para Josh. Angie añadió un poco de nata a su taza y bebió con satisfacción su café.

—Josh... ¿recuerdas que te mencioné a ese hombre que me molestaba en el trabajo? —Angie dirigió cuidadosamente su mirada a la cara de Josh.

—Sí —contestó él, mirándola directamente.

—Vi en el periódico que lo atacaron en el estacionamiento donde trabajo.

—¿De verdad?

—Sí, fue golpeado. Brutalmente, según el artículo. —Sus ojos no se apartaron de su rostro.

—Es una pena. —Su tono no sugería simpatía. Echó el brandy en el café.

—Sí, realmente lo es.

—Oye, pero en cierto modo se lo merecía, ¿no? —Josh le sonrió a medias—. Mira cómo te trató.

Angie inclinó la cabeza hacia atrás, de modo que miraba a Josh por debajo de la nariz.

—Nunca fue antipático, solo una plaga. ¿Realmente crees que una plaga merece ser golpeada brutalmente?

Josh se quedó en silencio, aparentemente comprendiendo que había hecho una mala jugada.

—Bueno, tal vez no, pero se merecía el castigo, ¿no?

—¿Castigo? ¿Una paliza brutal? Eso es un castigo excesivo si me preguntas. —Angie se preguntaba realmente por su cita. Sin empatía, sin compasión. ¿Qué clase de hombre era?

—Tal vez no sea tan malo como decía el periódico. —Josh se encogió de hombros, dando un sorbo a su café.

—Creo que informaron con precisión lo que sucedió.

—Bueno, se curará. —Todavía no mostraba compasión.

—Ciertamente lo espero.

—Ahora no tienes que verlo. —Tenía una sonrisa de satisfacción en los labios antes de dar un sorbo a su café.

Angie suspiró y se sentó en su silla.

—¿Ese era el plan, Josh?

—¿Qué plan?

—Tu plan. Para hacerte cargo de la situación. —Sus ojos lo atravesaban. La cara de Josh se congeló—. Tú hiciste esto, ¿verdad? Golpeaste brutalmente a un hombre lo bastante mayor como para ser tu padre. ¿Por qué hiciste algo así? —Tal vez había dicho demasiado. De alguna manera, no le importaba. Era lo que sentía. Era la verdad.

—Te estoy diciendo que no lo hice. —Josh la miró directamente a los ojos. Era un buen mentiroso.

—No te creo.

—¿Qué? ¿Por qué iba a golpear a un viejo? Ni siquiera lo conozco. —Los lados de su cara se tensaron significativamente, y sus ojos marrones se entrecerraron con ira. Se inclinó hacia ella por encima de la mesa—. Yo no lo hice. —Golpeó la mesa con la palma de la mano para enfatizar.

Angie se sintió nerviosa por su reacción. Estaba claro que estaba enfadado con ella, pero eso no cambiaba sus sentimientos sobre la situación. De hecho, reforzó su creencia de que él estaba mintiendo. Bajó la mirada a su regazo, y se abstuvo de decir algo hasta que él se calmara.

Josh se apoyó en el respaldo de la silla y levantó el brazo para hacer una señal al camarero. El joven se acercó rápidamente.

—Otro trago de brandy.

—Sí, señor.

Angie permaneció en silencio, esperando a ver qué hacía él a continuación.

Cuando el camarero regresó con el trago de brandy, Josh se lo bebió de un trago y luego miró a Angie mientras daba un sorbo a su café. Ella sintió que él le enviaba un mensaje de que no debía meterse con él.

—¿Quieres algo? —preguntó finalmente.

—No.

Josh asintió satisfecho ante su respuesta.

Mientras él terminaba su café, Angie miraba el inquieto mar. Los relámpagos surcaban el cielo a lo lejos. El mar le recordaba su desigual relación. Si es que ella podía llamar a eso *una relación.*

VEINTE

RACHEL Y JOE estaban tomando su café matutino. Era domingo, así que podían estar un poco más tranquilos que los días de trabajo. Joe tenía el periódico extendido frente a él en la mesa del comedor. Rufus se acercó y apoyó la cabeza en su rodilla.

—Buen chico, Rufus. —Acarició la cabeza del perro.

Se abrió la puerta que conducía al pasillo, donde se encontraba el dormitorio de Angie.

—Buenos días —saludó al entrar, teniendo cuidado de cerrar la puerta.

—Hola, cariño —expresó Rachel—. Hay café si quieres.

—De acuerdo. —Angie se sirvió una taza de la jarra que había en el centro de la mesa, añadió estevia y un chorrito de crema con sabor a vainilla, y se sentó en una silla.

—¿Cómo fue la cita? —preguntó Joe.

Angie dudó.

—Bien.

—¿Solo bien? —preguntó Rachel.

—Tal vez ni siquiera eso —contestó Angie, y bebió un poco.

Joe miró a su hija, con una pregunta en los ojos.

Ella no estaba segura de querer dar detalles sobre su cita. No había terminado bien. Josh la había llevado a casa luego de terminar su café con alcohol. Después de un viaje silencioso, la había dejado bajar del coche en la acera junto a la entrada de los ascensores. Mientras él aparcaba el coche, ella se había dirigido a la cuarta planta antes de su regreso. También era reacia a revelar lo que sabía de Josh. Y lo que sospechaba. Al menos no en ese momento.

—Culpé a Josh de tu desaparición, de hecho, me enfrenté a él —explicó su madre—. No confío en él.

—¿Qué te parece, papá?

—No lo sé. Tu madre es la que tiene la intuición —Joe dobló por la mitad la sección del periódico que estaba leyendo.

—Yo tampoco confío en él. Miente —admitió Angie, reclinándose en la silla con un suspiro.

—¿Cómo es eso? —preguntó Joe.

—Digamos que carece de escrúpulos.

Rachel y Joe intercambiaron miradas.

Cambiando de tema, Joe preguntó:

—¿Vas a ir a la iglesia con nosotros?

—Claro, me gustaría. No me haría ningún daño.

Ambos padres sonrieron. Entonces, oyeron lo que parecía un cacareo en la puerta de su casa.

—¿Qué es eso? —inquirió Joe, levantándose.

—Probablemente sea Gladys cacareando —contestó Rachel, como si fuera algo normal—. Supongo que ahora se encariñó con nuestra puerta.

Angie miró a su madre con expresión confusa.

—¿Sabes lo del cacareo?

—No es nada. Ve a prepararte para la iglesia —pidió Rachel —. Tendré una charla con Gladys.

. . .

Cuando el baterista hizo unos cuantos redobles elegantes, Angie se animó. Rachel observó que estaba disfrutando. Le encantaría que su hija asistiera a la iglesia con frecuencia. Ese era un buen comienzo.

De camino a casa, Angie charló sobre el servicio. Le había gustado el sermón, y la música había sido impresionante; había usado esa palabra en particular para describir su experiencia. Rachel sintió que su hija podría estar pasando página. No solo estaba trabajando y buscando un mejor empleo, sino que también disfrutaba de la iglesia. No sabía qué había pasado entre Josh y ella. Pero no tenía por qué saberlo. Estaba satisfecha de que se alejaran el uno del otro. No podía decir cuál era su objeción a Josh; solo sabía que era una mala noticia para su hija. Su intuición le hacía ruido.

—Joe, ¿por qué no llevamos a Angie a ver la casa?

—Sí, podemos hacerlo —aceptó, y dio la vuelta para cruzar el puente en lugar de entrar en el aparcamiento del condominio —. Tendrás que usar tu imaginación. Tengo el piso de arriba destrozado.

Joe aparcó el coche junto a la casa, y las mujeres salieron del coche. Después de haber desbloqueado la puerta, la abrió para que entraran.

—Esto es lindo —comentó Angie—. Definitivamente puedo verlo como un alojamiento. —Continuó hacia el comedor y la cocina—. Este comedor es lo suficientemente grande como para poder acomodar hasta ocho personas aquí. Son dos por habitación.

—Sube —indicó Rachel.

Los tres se dirigieron al segundo piso. Angie asomó la cabeza en el cuarto de baño, donde había una caja de herramientas y herramientas. Unos paneles de madera estaban apoyados en la pared, y cubrían la ventana.

—Me gusta la bañera. Un bonito detalle para una casa antigua.

La bañera de patas de garra estaba en perfecto estado y sería el punto central de la habitación.

—Voy a añadir un baño en este dormitorio —explicó Joe, dirigiéndose a la habitación al final del pasillo.

—Esta es una habitación grande —opinó Angie al acercarse al dormitorio—. Se puede añadir fácilmente un baño.

Se asomó al interior de cada habitación hasta que llegó a la más cercana a lo que sería el baño principal.

—Vaya, ¿qué es eso? —Vio las estanterías con las muñecas, que los miraban.

—Son muñecas viejas —contestó Rachel con calma—. Vinieron con la casa.

—Escalofriante.

—¿Ves, Joe? Angie también piensa que son espeluznantes. —Rachel se sintió reivindicada.

—No son espeluznantes. Tienen carácter.

Rachel miró a su marido.

—Joe, esas son muñecas espeluznantes. Admítelo.

—No admito nada.

Rachel puso los ojos en blanco, al igual que Angie.

—Ya las vi; lo de poner los ojos en blanco —espetó, señalándolas.

—No piensas quedarte con ellas, ¿verdad? —preguntó Angie.

—¿Por qué iba a deshacerme de ellas?

—No sé, papá, ¿porque podrían asustar a los clientes? —Ella le dirigió una de esas miradas que decían: "Esto es tan obvio... ¿en qué estás pensando?".

Joe sacudió la cabeza.

—Salgamos de aquí antes de que las muñecas nos atrapen. —Sonrió mientras salía de la habitación.

—Entonces, ¿a dónde dices que vas en nuestro nuevo coche? —preguntó Rachel.

Angie sonrió.

—Al hospital. Voy a visitar a James.

—¿Y crees que eso es algo bueno?

—Sí, lo es. Era mi cliente; se lesionó en mi negocio. Creo que le debo una visita. —Angie deslizó el bolso sobre su brazo.

A Rachel le preocupaba mucho esa visita que su hija consideraba importante.

—¿Y si se toma tu visita a mal?

—No lo hará. Se lo explicaré.

—¿Te sientes culpable?

—No, responsable.

Rachel miró a su hija desde la mesa del comedor, donde había retomado la lectura del periódico del domingo.

—¿Responsable?

—Creo que Josh lo golpeó para enviarle un mensaje para que se mantenga alejado de mí. —Finalmente, la verdad salió a la luz.

Rachel puso el periódico sobre la mesa.

—Eso no te hace responsable, si eso es lo que pasó. ¿Por qué crees que Josh lo golpeó?

—Por ciertas cosas que dijo cuando salimos. Como "Puedo hablar con él, hacerle una visita". Parecía enfadado cuando le mencioné la atención de James.

—¿De verdad crees que es esa clase de persona?

—Sí. —Parecía que no había ninguna duda en su mente de que Josh era un mal tipo.

—No creo que debas volver a verlo. —Rachel no quería ser exigente, pero ese tipo era un problema, en su opinión.

—Yo tampoco. Ya he decidido que no volveré a salir con él.

Rachel asintió con la cabeza.

—Bien.

VEINTIUNO

ANGIE VIO el número de habitación que le había dado la enfermera pegado en la puerta mientras intentaba ignorar el olor antiséptico del ambiente. Dudó un momento, y entró en la habitación del hospital. James estaba tumbado en la cama, con una escayola en el brazo y un vendaje alrededor de la cabeza. Tenía los ojos cerrados mientras descansaba. Notó una considerable hinchazón y moretones alrededor de los ojos, junto con laceraciones en el resto de la cara. Tenía todo tipo de tubos conectados, que salían de varias bolsas transparentes elevadas sobre un aparato metálico.

Se puso al lado de su cama, considerando si sentarse en la silla o no. Él abrió uno de sus ojos de golpe.

—Angie —expresó James con una voz áspera sin mover los labios.

Ella se sentó en la silla.

—James, tal vez no debería hablar. —El hombre sonaba tan mal como se veía.

—Puedo hablar. Sueno raro, pero puedo hablar. —Obviamente, estaba decidido a mantener una conversación.

Angie se dio cuenta de que sus labios seguían sin moverse cuando hablaba. Tampoco el resto de su cara.

—¿Tiene la mandíbula rota, James?

—Sí.

—Oh, Dios. Y su brazo, ya veo.

—Sí. Tengo un traumatismo en la cabeza y daño cerebral. —Hablaba despacio, logrando sacar sus palabras a pesar de su mandíbula atada con alambre.

—Siento mucho que le haya pasado esto. —Sentía cada palabra de esa frase.

—Yo también.

Angie respiró profundamente antes de empezar.

—James, siento que esto es mi culpa. Esto no debería haberle pasado.

—No es tu culpa. Tú no me golpeaste.

—Eso es cierto. Pero creo que sé por qué le ha pasado esto. —El hombre tenía derecho a conocer la identidad de su atacante. El ojo de James parpadeó un par de veces antes de centrarse en ella. El otro ojo permanecía cerrado e hinchado—. Como estoy segura de que recordará, me estaba prestando demasiada atención en el trabajo —planteó ella, mirando al hombre amablemente—. Era inapropiado, y no creía haber hecho nada para fomentar su persistencia, su regalo ni sus grandes propinas. Así que, en algún momento, le mencioné a mi novio que me estaba molestando. —Angie suspiró y negó con la cabeza—. Creo que lo golpeó para enviar un mensaje.

—No sabía que tenías novio. —Su ojo parpadeó rápidamente mientras la miraba.

—Tal vez si se lo hubiera dicho, esto no habría pasado —sugirió ella, mirándolo con tristeza—. Pero no era asunto suyo si yo tenía novio.

James gruñó su acuerdo.

—Pero nada de esto es culpa tuya. Tú no tienes la culpa.

—Sigo lamentando que le haya pasado esto.

—No es tu culpa. La culpa es de quien me hizo esto. —Su cuerpo se estremeció de manera involuntaria, y luego su cabeza se movió hacia un lado y hacia otro.

—Cierto.

—¿Quién es mi atacante? —preguntó James—. Todo lo que vi fue un hombre vestido de negro, y musculoso. No vi su cara con claridad.

—Ese es Josh, definitivamente. Siempre viste de negro. Su nombre es Josh Brigham. Vive en el condominio Breezeway. Unidad ochocientos diez.

—¿Podrías escribir eso?

—Claro. —Angie tomó un anotador, que estaba sobre la bandeja con ruedas, donde se encontraba el contenedor de agua. Escribió la información con un bolígrafo de su bolso—. Dejaré esto pegado al anotador para que no se pierda.

—Gracias.

—¿Hay algo que pueda hacer? ¿Hay algo que pueda traerle? —Cualquier cosa que él quisiera, ella se lo proporcionaría.

—Nada —contestó—. Bueno, tal vez mi teléfono.

—Por supuesto. —Angie tomó el móvil de la mesa auxiliar y lo colocó en la cama junto a James.

—Gracias.

—De nada, James. Es lo menos que puedo hacer.

—Adiós, dulce niña. —Con esfuerzo, James levantó una mano.

—Adiós, James.

Angie salió de la habitación del hospital, y James tanteó su teléfono para colocarlo sobre su pecho. No iba a dejar que ese joven se saliera con la suya al atacarlo y darlo por muerto. Era un matón y merecía que lo metieran entre rejas antes de que matara a alguien. James extendió el brazo hacia el anotador con el nombre de su atacante escrito. Cuando las yemas de sus dedos apenas tocaron la libreta, su brazo cayó sobre la cama. Lo intentó de nuevo, levantando ligeramente la cabeza, pero el esfuerzo fue demasiado grande. La cabeza volvió a caer sobre la almohada. De repente, sintió un dolor agudo en la sien. Era insoportable y le hacía respirar con dificultad. Su mano tanteó a ciegas el botón de llamada mientras yacía con los ojos cerrados por el dolor. Necesitaba ayuda.

Mientras Angie cargaba el lavavajillas, vio a Brian. Él estaba raspando la plancha con una espátula para quitarle la comida quemada. Se dio cuenta de que no estaba tan obeso como antes. Aunque siempre sería un hombre corpulento, ya que era su contextura física, estaba más delgado que cuando había comenzado a trabajar con él.

—Hola, Brian —saludó ella—. ¿Estás perdiendo peso o algo así?

El hombre miró hacia ella y luego volvió a su tarea.

—Sí, algo.

—Bien por ti.

—Gracias. No lo vi venir, el peso quiero decir. Demasiadas patatas fritas —comentó, removiendo una gran mancha de comida quemada con la espátula—. Incluso empecé a hacer ejercicio en el gimnasio.

—Vaya, Brian, estoy impresionada.

El hombre sonrió mientras raspaba.

—No he visto a James últimamente. Me pregunto si habrá salido del hospital.

—No lo sé. —James debía denunciar sus sospechas a la Policía. Le había dado el nombre y la dirección de Josh. Pero no le constaba que algún policía se hubiera acercado al condominio para hablar con él. Ella lo sabría porque su madre definitivamente le mencionaría tal cosa. Ya deberían haberlo llevado para interrogarlo. Se preguntó por qué no había sucedido eso—. Me tomaré mi descanso y llamaré al hospital, Brian.

—De acuerdo.

Angie entró en la sala de descanso, y sacó su teléfono del bolsillo. Cuando la operadora respondió a su llamada, preguntó en qué habitación estaba James. Había estado en cuidados intermedios cuando ella lo había visitado. Si seguía en el hospital, debería estar en una habitación normal.

—No, señorita, no tengo constancia de que esté aquí actualmente —respondió la mujer.

—¿Puedes decirme si le han dado el alta o está en rehabilitación?

—Me temo que no puedo darle esa información. Lo siento.

—Vale, bien, gracias. —Angie volvió a entrar en la cocina, y se situó cerca de Brian—. No está allí y no me dan ningún detalle.

—Podría estar en rehabilitación.

—No me lo dijeron.

—Podría estar muerto.

Sus palabras la sacudieron.

—¿Muerto? No había pensado en eso.

—Consulta en línea. Registros de defunción del condado.

—Lo haré cuando llegue a casa. —¿Muerto? ¿Era posible que James hubiera muerto?

Angie entró por la puerta principal, llamando a su madre.

—Hola, mamá, ¿dónde estás?

—En el dormitorio —respondió. Angie entró en la habitación donde Rachel estaba haciendo la cama. Miró a su madre con preguntas en los ojos—. ¿Qué ocurre?

—¿Quieres ayudarme a investigar algo?

—Claro. ¿Cómo qué?

—James. Para ver si está vivo.

El rostro de Rachel cambió de expresión.

—Ya veo. Dame cinco minutos y te veré en tu habitación.

Angie se dirigió al pasillo, evitando que Precious se escapara hacia la libertad. Una vez dentro de su dormitorio, abrió su portátil y lo encendió. Rachel entró poco después, llevando a Precious en brazos y acariciando su cara.

—Te dije que era dulce —comentó Angie, golpeando el teclado con las yemas de los dedos.

—Cuando quiere —replicó Rachel—. Creo que tenemos que dejarla merodear más para que se acostumbre al perro y a Benny. Y ellos a ella.

—Estoy de acuerdo. Empecemos hoy.

—De acuerdo, después de que terminemos aquí. —Rachel se sentó en el borde de la cama—. ¿Por dónde empezamos?

—Compartí mis sospechas sobre Josh con James, incluso le di su nombre y dirección.

—De acuerdo.

—Eso fue hace unos días. Pensé que la Policía ya debería haber visitado a Josh, ¿no crees? Así que llamé al hospital para saber si todavía estaba allí —explicó Angie, sacudiendo su cola de caballo por encima del hombro—. No estaba allí, y no me dieron ninguna información. Así que tengo que averiguar si está vivo.

—No debería de ser difícil —supuso Rachel—. Busca su nombre en Google. La página web del condado o los periódicos deberían tener publicadas las necrológicas.

Angie hizo exactamente eso, escribiendo el nombre completo de James. Al ser un nombre común, aparecieron varios James Marshall en la pantalla. Limitando la selección a las muertes y luego a la edad aproximada y a un rango limitado de fechas de probabilidad de muerte, encontró una persona potencial.

—Aquí está la posibilidad más cercana si es él. Este es un artículo de prensa —señaló Angie, haciendo clic en la selección y leyendo en voz alta—. "Un hombre llamado *James C. Marshall*, de cincuenta y dos años, murió en el hospital, como resultado de un daño cerebral". Mamá, en esa fecha lo vi en el hospital. —La gravedad de la situación estaba escrita en su rostro.

Los ojos de su madre reflejaban su preocupación.

—Lo que estás diciendo es que murió después de que hablaras con él.

—Sí. Después de que le dije que Josh lo había golpeado. En realidad, teniendo en cuenta lo sucedido, Josh asesinó a James.

—Tal vez tuvo una reacción a esa noticia, y le causó la muerte. —Rachel parpadeó un par de veces ante su hija.

—Genial. Ahora no solo soy responsable de que le hayan dado una paliza, sino también de haber causado su muerte. —Angie levantó una mano en el aire—. Probablemente tuvo un ataque o algo así.

—No te culpes. Tenías que decírselo.

—Eso es lo que pensé, pero no quise matarlo. —Los ojos de Angie se agrandaron por la preocupación.

—No lo mataste, Angie. Eso fue simplemente su respuesta corporal después de haber recibido una fuerte paliza. Tú no tienes la culpa —aseguró Rachel.

—¿De verdad? —Angie miró a su madre con ojos tristes—. Podría haberme guardado mis sospechas para mí. No tenía que contarle lo de Josh.

—Tal vez no. Pero, si Josh le dio una paliza, la Policía tiene que saberlo.

—Pero ¿lo saben? Sigo esperando que aparezcan para arrestar a Josh, o al menos que lo lleven para interrogarlo —planteó Angie—. No creo que James les haya dicho.

—Entonces, tienes que hacerlo.

—¿Yo? Oh, no, no voy a hacer eso. No, no. —Angie alzó las manos.

—Tienen que saberlo. Josh tiene que pagar por esto —insistió Rachel.

—¿Y si no es Josh?

Se produjo un breve silencio entre ellas.

—¿Y si es así? —replicó Rachel. Angie miró con impotencia a su madre—. Reza, Angie.

—Lo haré. —La oración estaba definitivamente en su agenda esa noche.

VEINTIDÓS

—VALE, diablilla, sal aquí y mézclate —invitó Rachel, de pie junto a la puerta abierta del pasillo—. Esta es tu gran oportunidad, así que no la desperdicies.

La bola de pelusa blanca entró en el comedor, agitando la cola para responder al desafío. Con su nariz en el aire para oler el entorno, se paseó dócilmente entre los observadores.

—Buena chica —la alabó Angie.

—Sí, pórtate bien —pidió Rachel.

—No te metas con Benny —agregó Joe.

Oyeron a Benny escupir tras la mención de su nombre y lo vieron meterse debajo de la cama para esconderse. Rufus se acercó con cautela a la gata muy femenina, caminando muy lentamente con la cabeza baja. Los dos se tocaron las narices, y cada uno retrocedió después. Precious continuó investigando su entorno, y finalmente, se sentó en el brazo del sofá para poder mirar hacia el balcón.

—Mmm, no está tan mal; hasta ahora todo va bien —señaló Rachel.

—¿Por qué no dejamos que se quede fuera hasta que pase

algo? —preguntó Angie—. Nunca se adaptarán si está escondida en el dormitorio.

—Probablemente sea cierto —acordó Joe.

—A mí me parece bien. Ella tiene que adaptarse y los otros dos también —aceptó Rachel.

Precious miró a la familia como si supiera que estaban hablando de ella. Hizo un pequeño ruido de moretón sugiriendo que estaba de acuerdo.

El resto de la noche fue bien. Rufus parecía estar bien con la gata. De vez en cuando se acercaba a olerla. A Precious le parecía bien, a no ser que le babeara encima, y entonces ella se ofendía y siseaba al gran perro. Todo iba bien, hasta que Benny decidió salir de debajo de la cama. Se acercó audazmente a Precious y gruñó su desaprobación. Esta respondió con su propio gruñido.

—¡Ya basta! —exclamó Angie—. Compórtense, los dos.

Los dos gatos dejaron de hablar y miraron a Angie. Ella los señaló con el dedo. El truco de señalar con el dedo funcionó muy bien con Rufus, pero no tuvo la misma respuesta por parte de los gatos. Al cabo de unos instantes, se alejaron el uno del otro y se reclinaron en lados opuestos de la habitación, donde podían observarse mutuamente.

—Estarán bien. —Rachel había estado observando el intercambio—. Dejemos que lo solucionen.

—De acuerdo. —El teléfono de Angie sonó, así que miró para ver quién era la persona que llamaba. Al ver que era Josh, no contestó. Tal vez, finalmente, entendió la indirecta. Después de todo, era la tercera vez que la llamaba y ella no respondía—. Déjalo, amigo.

Esa noche Angie se arrodilló para rezar. Hacía mucho tiempo que no se arrodillaba, a no ser mientras practicaba yoga. No se había olvidado de Dios. Solo se había adentrado en la filosofía y las creencias orientales. ¿Era eso tan malo? Mmm, según sus primeras enseñanzas, sí, lo era. Pero allí estaba, pidiendo ayuda. A Dios. ¿Qué iba a hacer? La Policía necesitaba saber quién había atacado a James. Eso era lo correcto. Si James no había transmitido sus sospechas a la Policía, ella debía hacerlo. Era lo más moral. Pero una imagen de las reacciones airadas de Josh se le pasó por la cabeza. ¿Tenía el valor de informar a la Policía, sabiendo que él tenía mal genio, sabiendo que reaccionaría negativamente? Tal vez incluso con violencia.

Angie terminó de pedir ayuda a Dios, luego se levantó y se metió en la cama. Precious se acurrucó inmediatamente a su lado.

—Mi linda Precious, ¿qué va a hacer mamá? —Se puso de lado, y Precious se acomodó junto a ella. Mientras se dormía, Angie sintió que tenía la respuesta.

A la mañana siguiente, Rachel llamó a la puerta de Loretta. Después de un momento, la puerta se abrió. Tenía mejor aspecto que la última vez que Rachel la había visto en el hospital. Llevaba un vestido en un precioso tono rosa. Su pelo, aunque no estaba recogido en su habitual peinado, estaba al menos bien recogido en un moño bajo.

—Rachel, entra —la invitó, alejándose de la puerta—. Ven a sentarte en el salón.

—Tienes mucho mejor aspecto —comentó Rachel con una gran sonrisa.

—Bueno, cuando uno pasa un tiempo en el hospital, tiene garantizado el descanso, si es que puede dormir con el jaleo de los pasillos.

Rachel se sentó en el sofá de seda blanca, y se echó hacia atrás para estar cómoda.

—¿Cuánto tiempo llevas en casa?

—Unos diez días. ¿No te lo dijo Ruby? —Loretta se sentó junto a Rachel.

—No. Debe de haberte querido para ella sola.

Loretta rio, con sus hermosos ojos azules arrugados en los bordes.

—Ha estado aquí todos los días desde mi regreso. No sé qué haría sin mi Ruby.

—Estoy tan feliz de que se hayan reconciliado y sean amigos ahora.

—Hermanas. Más bien hermanas —replicó—. Somos demasiado mayores para tener problemas. El tiempo es corto. No podemos perder el tiempo.

—No, supongo que no.

—Mientras estaba en rehabilitación, Ruby venía a verme casi todos los días —contó, apartando un pelo suelto de su cara—. Eso es decir algo desde que su ex marido volvió a su vida.

—Eso es maravilloso. ¿Cómo va su relación? Ruby no me ha visitado en la oficina para charlar últimamente.

—Oh, nunca la he conocido tan feliz. Está radiante cada vez que la veo. Bob está teniendo un gran impacto en su vida —indicó Loretta, sonriendo dulcemente—. Pero dime, ¿cómo va tu vida?

—No está nada mal.

—¿Sigues asistiendo a la iglesia?

—No me lo perdería. También asisto al estudio de la Biblia —contestó Rachel—. Angie ha estado yendo a la iglesia con nosotros, lo que nos agrada mucho.

—Es maravilloso, Rachel. —Loretta jugueteó con la manga de su vestido—. Una vez te dije que tenías que ir a la iglesia. ¿Te acuerdas? Me miraste como si hubiera perdido la cabeza.

—Sí, supongo que sí. Pero entonces no veía la necesidad. Ahora lo entiendo.

—Eres la hija de Dios; su preciosa hija.

Rachel sonrió a la anciana.

—Ahora lo sé.

. . .

La familia se sentó a cenar, Joe dio las gracias y todos se sumergieron en la comida. Joe reconoció la preocupación en el rostro de su hija.

—¿Qué pasa?

Angie miró a su padre en busca de consejo.

—Josh. Y James. James murió a consecuencia de la paliza que le dio Josh. Creo que tengo que decirle a la Policía que sospecho de Josh por haberle pegado.

Joe la miró con simpatía y volvió a colocar el tenedor en el plato.

—Díselo a la Policía, Angie. Deja que ellos determinen si lo hizo o no. Si es inocente, está bien; si no, lo arrestarán.

—Papá, es un hombre iracundo. —Angie dejó de comer su cena, y empujó su plato—. Podría venir a por mí después. No quiero que me golpee, o algo peor.

Joe evaluó cuidadosamente la situación, mirando su plato durante unos segundos antes de hablar. —Tienes que decírselo a la Policía. Pero también mencionar tus temores sobre su reacción.

—Por supuesto.

—Podrían ofrecer protección.

—Tal vez.

—Pero tienes que decírselo.

—Está bien, papá. —Cuando su padre dijo esto, ella sintió que era la confirmación de lo que Dios quería que hiciera.

VEINTITRÉS

BRIAN LLEVÓ dos tazas de café a la cabina donde se sentaba Angie. Se colocó frente a ella, mirando su cara de preocupación.

—¿Querías decirme algo?

—Sí. Fui a visitar a James al hospital.

—Sí, eso dijiste.

—Lo hice porque me sentía responsable. —Tomó un sorbo de café—. No sé si te lo he dicho o no.

Él la miró con expresión de curiosidad.

—¿Cómo es que eres responsable?

—Le dieron una paliza por mi culpa. Josh estaba celoso, o era sobreprotector, no estoy segura de cuál. Tal vez solo desagradable —respondió ella, y se llevó la taza a los labios de nuevo—. Si no hubiera mencionado la atención que James me estaba dando, Josh no habría sabido nada. Así que soy responsable.

Brian negó con la cabeza.

—No estoy de acuerdo. Josh es responsable si fue él quien lo hizo. Eligió reaccionar con violencia. Él es responsable, no tú.

—Oh, lo hizo, sin duda. Nadie más habría respondido así. Y

no mucha gente conocía a James. —Colocó la taza sobre la mesa —. Hoy fui a la Policía.

—¿De verdad? ¿Por qué?

—Sospecho que James no fue capaz de decirles lo que yo le había contado sobre Josh. —Hizo una pausa de un segundo y reanudó—: Así que sentí que debía informarles.

Brian la miró con respeto.

—Vaya, eso fue valiente.

—¿Tú crees? No estoy tan segura. Podría haber sido una jugada estúpida. —Angie enroscó un mechón de su cola de caballo alrededor de su dedo—. ¿Y si Josh viene a por mí?

Brian la miró detenidamente.

—Es algo para considerar. Pero vives en un edificio seguro, y cuando vienes aquí, me tienes a mí.

Angie sonrió a su empleador.

—Oh, eso es muy dulce. Te lo agradezco mucho. Pero vive en el mismo edificio que yo. Soy accesible.

—También está eso. ¿Qué dijo la Policía?

—Dijeron que investigarían mis sospechas, no hay problema. Nadie más ha aparecido en su radar como sospechoso.

—¿Qué hay de tu protección?

—Bueno, él tendría que hacer algo para que asignaran a una persona para protegerme. Es inocente hasta que se demuestre su culpabilidad, y puede que no sea él, según dijeron. —Se encogió de hombros y tomó otro sorbo de café.

—Si lo detienen, lo más probable es que salga en libertad bajo fianza y entonces será libre de atacarte —planteó Brian.

—Sí, es cierto. Tal vez sea así de atrevido. No lo sé. Obviamente, no tengo todas las respuestas, Brian. No sabía qué hacer. —Hizo girar la taza entre sus manos con nerviosa frustración antes de dar algunos sorbos—. Tendremos que ver cómo funciona.

Brian se puso de pie, mirando a Angie.

—No me gusta. Podrías estar en peligro.

—Sí, lo sé, pero sentí que tenía que contarle a la Policía lo de Josh. Lo pensé mucho y, finalmente, sentí que Dios quería que lo hiciera. —Sus ojos azules miraron a su jefe—. Por cierto, has perdido más peso, ¿no?

—Estás cambiando de tema. Pero, sí, he perdido más peso. No estoy comiendo patatas fritas y solo me como la mitad del bollo.

—Eso es fantástico, Brian. —Ella realmente admiraba al hombre. Era un jefe maravilloso. Y se estaba convirtiendo en un amigo.

—Gracias. Ninguna chica estará interesada en mí si estoy gordo —argumentó, acariciando su estómago aplanado.

—No estabas tan gordo. Eres un tipo grande, eso es todo, y tienes un buen corazón. —Le sonrió al hombre—. Estoy segura de que una chica verá pronto lo bueno que eres.

—Gracias. Tengo el ojo puesto en alguien. —Brian se encogió de hombros—. Entonces, tal vez...

—Eso es genial. Me alegro por ti.

—Gracias.

Penélope cogió la mano de Alfred y lo arrastró hasta la puerta del despacho de Rachel.

—Hola, amigos. ¿Cómo están? —Rachel dejó su bolígrafo y prestó toda su atención a la pareja.

—Bien —contestó Penélope. Alfred gruñó su acuerdo—. Alfred necesita que le certifiques algo.

—Desde luego, me encantaría. —Rachel abrió un cajón para localizar su sello y su registro—. ¿Qué estoy firmando?

Alfred finalmente se armó de valor y habló.

—Le voy a dar mi coche a mi hijo. El suyo se ha estropeado.

—Es muy amable de tu parte, Alfred.

—No conduzco mucho. No necesito un coche ahora que

Penélope me lleva de un lado a otro. Alfred miró a la anciana y asintió.

—De todos modos, no debería conducir —acotó Penélope, estirando las mangas de su cárdigan—. Sus habilidades ya no son lo que eran. Siempre frena de golpe en el último momento. Me da un susto de muerte.

—Ya veo. —Rachel miró el formulario de inscripción que le entregó Alfred—. Bien, Alfred, firma aquí y escribe una fecha. Rellena aquí el nombre de tu hijo. —Señaló las zonas de las que hablaba con el extremo del bolígrafo.

Alfred escribió en los lugares adecuados.

—Penélope, tienes que firmar aquí como testigo. —Rachel volvió a señalar para indicar dónde. Luego firmó y selló todo, y anotó la transacción en su registro—. Penélope, por favor, firma en mi registro como testigo.

—Sí, querida. Gracias, Rachel —expresó Penélope, firmando con su nombre—. Debes de haber hablado con Ethel.

—¿Por qué dices eso?

—Porque lleva un tapado cuando camina por el edificio.

—Me alegro de que lo haga. —Rachel no le había hablado de cubrir su cuerpo regordete cuando llevaba un traje de baño dos piezas—. Creo que lo hizo por su cuenta porque no le he dicho nada.

—Bueno, de todos modos, ahora se está cubriendo —afirmó Penélope con un gesto de aprobación.

—¿Por qué no te haces amiga de ella? Necesita compañía ahora que es viuda.

—¿Yo?

—¿Por qué no tú?

—Yo... no lo sé. Supongo que podría. —Penélope la miró como si ese pensamiento nunca se le hubiera ocurrido.

—Te vendría bien tener una amiga, ¿no crees? —Rachel nunca había visto a la anciana relacionarse con nadie en el edificio, excepto con Alfred, pero eso era reciente.

—De acuerdo, Rachel. Lo haré. Y gracias.

Alfred se sumó al agradecimiento, y la pareja salió del despacho.

Más tarde, cuando Rachel entró en el apartamento vacío, Precious se divertía afilando sus garras en la esquina del sofá. En cuclillas, exhibía su impresionante cola en el aire mientras seguía haciendo daño a la tela.

—¡Precious! Chica mala. —Rachel corrió hacia la gata, agitando los brazos—. ¡Aléjate de mi sofá, libertina! —Precious se alejó, todavía mostrando su cola, lanzando una mirada amarga a Rachel por encima del hombro—. Maleducada. —Rachel se sentó en la mesa mientras revisaba el correo. La mayoría era basura para los recolectores. ¿Por qué todas las empresas sentían la necesidad de enviar un sinfín de anuncios? Entonces, oyó un estrépito. Al mirar detrás de ella, vio a la querida Precious sentada tímidamente en el brazo del sofá. Debajo de ella había un jarrón de cristal, que había estado sobre la mesa junto al sofá, roto en pedazos. La gata miró a su alrededor como si no tuviera ni idea de lo que había pasado—. ¡Precious! ¡Maleducada! ¿Qué sigue? —preguntó ella, levantándose de la silla—. Sal de aquí. Ve a tu habitación. —Precious se dirigió al pasillo que llevaba al dormitorio. Rachel la siguió con la mirada—. ¿Cómo puede un gato ser tan destructivo?

No era la primera vez que le daba por tirar algo de su sitio. Había habido otros incidentes antes de ese, como el atomizador de su perfume que había sido tirado de la cómoda con la pata. Aquello había sido un desastre apestoso. El aroma de Chanel n. º 5 había impregnado toda la unidad durante una semana. Todas las travesuras habían ocurrido después de que habían decidido dejar a Precious libre en la casa. Rachel se arrepentía de esa decisión.

Angie entró, y vio a su madre de pie en el centro.

—¿Qué ocurre?

—Tu gato acaba de empujar mi jarrón de cristal. Mira. —Rachel señaló los fragmentos de cristal en el suelo.

—Lo siento, mamá. —Angie se acercó a ver los daños—. Vaya, lo siento de verdad. Lo limpiaré. —Angie se dirigió al armario para tomar un recogedor y una escoba.

—No es la primera vez. ¿Recuerdas el jarrón a juego? ¿Y el atomizador? —preguntó Rachel—. ¿Esta gata me odia?

—No creo que sea una cuestión de odio o de gusto. Simplemente disfruta tirando cosas de las mesas. —Angie se agachó al suelo para recoger los trozos rotos.

—Tiene que comportarse mejor.

—Es una gata, mamá. Esto es lo que hacen los gatos.

—No todos los gatos. Benny nunca ha tirado algo a propósito. Nunca.

—Que tú sepas.

Rachel lanzó a su hija una mirada que indicaba que esperaba un acuerdo. Entonces sonó el timbre. Se acercó al teléfono y pulsó el botón del interfono.

—¿Sí? —El público la llamaba con poca frecuencia para que entrara. A veces lo permitía, otras veces no.

—Es la Policía de Daytona. Necesitamos entrar para hablar con uno de sus inquilinos —anunció una voz masculina.

—¿Qué inquilino?

—Josh Brigham, unidad ochocientos diez.

—Oh, sí. Los dejaré entrar. —Rachel pulsó de nuevo el botón para permitir la entrada.

Cuando se volvió, Rachel vio la mirada de su hija. Era claramente de miedo.

—No pasa nada. Al menos tenemos una advertencia. Sabemos que le harán preguntas y podemos tener la guardia alta.

—Tendré que tener más cuidado cada vez que salga por la puerta. —Angie dio un fuerte suspiro.

—Tu padre puede llevarte al trabajo y traerte a casa.

—Podría ser una buena idea —acordó ella, de pie con el recogedor en la mano.

—Sí, lo es. —Sus instintos de mamá gallina se pusieron en marcha. No quería que se repitiera la reciente calamidad que ella y Joe habían experimentado cuando su hija había desaparecido.

VEINTICUATRO

A LA MAÑANA SIGUIENTE, Rachel y Angie se sentaron una al lado de la otra en la mesa del comedor. El portátil estaba colocado allí, y Angie estaba lista para los negocios.

—Abre Google —pidió Rachel.

—Entendido. —Angie miró a su madre en busca de más indicaciones.

—Escribe el nombre del padre. John Brigham.

—Hecho. Hay muchos. ¿Cómo sabemos cuál elegir? —De nuevo, miró a su madre.

—Pulsa ese, el nombre asociado a Nevada. A ver qué sucede.

—Todavía hay bastantes.

—Elige uno al azar y veamos. —Uno de ellos tenía que ser su John Brigham.

Después de pasar por seis John Brigham en Nevada, encontraron uno con antecedentes penales. Casi. Ese hombre en particular tuvo varios roces con la ley, pero nunca fue condenado por nada.

—¿Cuáles eran algunos de los cargos? —preguntó Rachel, apoyándose en el respaldo de la silla.

—Uno es el juego ilegal. ¿Ilegal? ¿En Nevada? Creía que todo el mundo apostaba en Nevada. —Angie continuó desplazándose.

—Seguro que hay leyes que regulan el juego. Tal vez quebrantó una —señaló Rachel.

Angie profundizó en los archivos.

—Mira este. Evitó la acusación. Extrañamente, por un arresto mal hecho. Qué conveniente. De tal palo, tal astilla. —Le dirigió a su madre una mirada cómplice—. ¿Es posible arreglar un arresto mal hecho?

—Tal vez si conoces a gente en el Departamento de Policía —sugirió su madre.

—Emmm... Interesante. —Angie siguió indagando durante varios minutos mientras Rachel miraba la pantalla—. Estoy viendo un montón de cargos de juego. Operar un juego de póker ilegal detrás de un negocio normal. Orquestar fiestas de juego en habitaciones de hotel. Amenazar a un crupier. Excepto que, mira esto, no fue John el que amenazó. Dice: "Su socio amenazó", etcétera. Santo Dios. ¿Tal vez fue Josh? —Angie miró a su madre con ojos grandes—. Me pregunto sobre los otros estados donde el señor Brigham tiene "negocios".

—Sigue buscando. Se está poniendo interesante.

—Entonces, ¿qué han estado haciendo hoy, señoras? —preguntó Joe mientras alcanzaba el aderezo para la ensalada.

Madre e hija intercambiaron miradas. Rachel habló primero:

—Hemos estado investigando a John Brigham. Resulta que tiene un largo historial de arrestos y una sentencia de prisión por cargos de juego.

—En varios estados. Pero se las arregla para librarse la mayoría de las veces debido a arrestos fallidos. Como lo hizo Josh —acotó Angie mientras comía su ensalada—. Sospechamos que Josh es su "sicario", es decir, el que maltrata a la gente que le debe dinero a su padre.

Joe parecía sorprendido.

—¿Apuestas? Es legal en algunos estados, como Florida.

—Se trata de apuestas en habitaciones de hotel, casas particulares, etcétera, en las que no se ha comprado una licencia ni se ha realizado una operación legal con permisos —explicó Rachel—. Todo bajo mano.

—¿Y Josh es un sicario? Es lo que sospechan —planteó Joe, mezclando su ensalada con el tenedor.

—Estirando la imaginación para rellenar los espacios en blanco, estamos suponiendo que, cuando un contacto organiza un juego para el señor Brigham, le deben dinero. Si no pagan, bueno, usa tu imaginación —señaló Angie.

Joe miró a su mujer.

—¿De verdad? ¿Y viven en nuestro condominio?

—Por desgracia. —Rachel se encogió de hombros—. Podrían estar celebrando juegos en su unidad por lo que sé.

—No he notado ningún número inusual de personas que entren en el edificio —comentó Joe.

—Tal vez mantengan el juego lejos de su casa —sugirió Angie, alcanzando una pechuga de pollo. —Y espero que lo hagan. No necesitamos eso aquí.

—No, no lo necesitamos —repitió Joe, y se llevó un trozo de pollo a la boca—. Entonces, esto significa que estabas viendo a un sicario, Angie. Eso quedará para la historia.

—No sabía que era un sicario, papá —protestó Angie, sacudiendo la cabeza—. Y no estoy saliendo con él ahora. Además, la Policía está interesada en él.

—Es peligroso —advirtió Rachel—. Tienes que llevarla al trabajo mañana, Joe.

—No hay problema.

. . .

Brian estaba volteando hamburguesas en la parrilla cuando Angie entró en la cocina después de que Joe la había dejado. Bonnie estaba cargando el lavavajillas.

—Hola a todos —saludó Angie.

—Hola —saludó Bonnie, con una rápida sonrisa.

—Eres la empleada más puntual que tengo —señaló Brian—. Nunca llegas tarde; normalmente, llegas temprano.

—¿No es así como debe ser un empleado? —preguntó Angie, sacando un delantal del gancho.

Bonnie se alejó. Rara vez era puntual.

Brian sonrió.

—Sí, ese es el comportamiento preferible. Gracias por ser una buena empleada.

—Por supuesto. Gracias por ser un buen jefe.

Bonnie volvió con bolsas de bollos en los brazos.

—Oye, Brian, has perdido más peso.

Angie miró a su jefe. Su pecho era definitivamente más grande que su cintura y sus brazos habían aumentado notablemente de tamaño. Su barriga era cosa del pasado.

—Sí, Brian, has perdido mucho. Bien por ti —lo felicitó Angie.

—He estado haciendo ejercicio.

—Se nota —afirmó Bonnie.

—Seguro que sí. —Angie sonrió con aprecio a su jefe. Se había convertido en un galán.

—Vale, ya está bien, me están avergonzando —señaló Brian, deslizando la espátula en un hueco junto a la plancha—. Pónganse a trabajar.

Brian era un hombre modesto y un poco tranquilo. Al menos así le parecía a Angie. Ella no sabía mucho sobre él, solo que era soltero y que había crecido en Daytona Beach. Después de todos estos meses, ni siquiera estaba segura de dónde vivía.

Más tarde esa noche, cuando estaban limpiando la cocina

después de cerrar, Angie aprovechó para hacerle algunas preguntas a Brian.

—Brian, ¿de dónde eres? —preguntó mientras terminaba de distribuir los utensilios limpios en sus recipientes correspondientes.

—Miami. Mis padres se mudaron aquí cuando yo tenía tres años. —Estaba haciendo la limpieza final de la parrilla.

—Llevas mucho tiempo aquí. ¿Dónde vives? —Se acercó a un mostrador con un trapo.

—¿Por qué? ¿Planeas visitarme? —preguntó con una sonrisa.

—No, solo curiosidad. —Dejó de limpiar el mostrador y lo miró fijamente, trapo en mano.

—Tengo una casita en la playa de South Daytona. Nada de lo que presumir, pero es mía y está pagada. —Se desató el delantal y lo arrojó a la bolsa de la ropa sucia cerca del lavavajillas.

—Debe de ser agradable vivir en la playa.

—Sí, me gusta. Muy tranquilo por la noche.

—Yo también vivo en la playa, pero cuatro pisos más arriba. No es lo mismo —comentó, desatando su delantal después de tirar un trapo bien usado a la basura.

—¿Quieres venir a ver mi casa alguna vez? —Su rostro apuesto tenía la esperanza escrita por todas partes.

—Claro, eso estaría bien —acordó, metiendo el delantal en la bolsa de la ropa sucia.

—¿El sábado? Podría poner un filete en la parrilla cuando salgamos de aquí —propuso él, mirándola un poco avergonzado. La pregunta en sus ojos azules le daba a su rostro un aspecto de niño pequeño que a ella le resultaba atractivo.

—De acuerdo, eso estaría bien.

—Muy bien, entonces —concluyó, metiendo las manos en los bolsillos para sacar las llaves—. El sábado.

VEINTICINCO

JOHN BRIGHAM ENTRÓ en el despacho de Rachel. Su energía llenó la habitación, lo que hizo que Rachel se sintiera incómoda.

—Señora Barnes, necesito hablar con usted.

—Puede llamarme *Rachel* —señaló, tratando de parecer tranquila.

—Lo que sea. ¿Qué es esa extravagante acusación que su hija ha formulado contra mi hijo? —El rostro del hombre era sombrío mientras se cernía sobre su escritorio—. No toleraré acusaciones falsas de una niña tonta.

—Mi hija no es tonta. Y es una mujer, no una niña. —*Y aquí vamos.*

—Semántica —interrumpió—. Ella está provocando problemas y no lo toleraré. Exijo que le haga retirar su acusación.

Las cejas de Rachel se alzaron, junto con su temperamento.

—¿Exigir? ¿Quién es usted para exigir a mi familia?

—Podría ser su peor enemigo —sentenció él, inclinándose hacia abajo con las manos apoyadas en el escritorio, más cerca de donde ella se sentaba en su silla—. No me haga hacer algo de lo que ambos nos arrepentiremos.

—Ya ha dicho suficiente. Es hora de que salga de mi despacho —espetó con una voz fuerte y cargada de ira—. No voy a permitir que me amenace. No vuelva aquí de nuevo.

El hombre le sonrió.

—Que tenga un buen día. —John salió del despacho, y dio un portazo.

Rachel estaba temblando. Nunca la habían amenazado de esa manera. Él no tenía derecho a tratarla como lo había hecho, pero su comportamiento tuvo el efecto deseado. Estaba asustada.

Cuando Joe entró en la oficina, supo inmediatamente que a su mujer le pasaba algo. La experiencia reciente estaba escrita en su cara.

—¿Qué ha ocurrido?

—Ese hombre horrible acaba de amenazarme. —Se agarró a los reposabrazos de la silla con ambas manos.

—¿Qué hombre?

—John Brigham.

—¿Qué estaba haciendo aquí?

—Diciéndome, no, *exigiéndome* que haga que Angie se retracte de su acusación hacia su hijo. —Rachel se quedó sentada ante su marido, con los ojos muy abiertos y nerviosos.

—¿Qué has hecho?

—Le dije que se fuera y no volviera. Dijo que podría ser mi peor enemigo, Joe.

—Creo que tenemos que hacer saber al detective asignado a este caso lo que ha pasado. —La expresión y todo el comportamiento de Joe parecían serios—. Ahora.

—De acuerdo. —Ella confió en la decisión de Joe.

Después de marcar el teléfono y de que le pasaran la llamada a varias personas, contestó el detective asignado al caso de la muerte de James Marshall. Rachel le explicó lo que acababa de suceder.

—Señora Barnes, estoy tomando nota de esto. Por favor,

hágame saber si ocurre otro incidente. —Su voz sonaba preocupada, pero manteniendo un tono profesional.

—Espero que no se produzca otro incidente. Pero ¿qué puedo hacer para evitarlo? Me han amenazado. Esperaba que me protegieran.

—Nos pondremos en contacto con el señor Brigham y le aconsejaremos que deje de proferir amenazas verbales contra usted. Una vez que sepa que la Policía está al tanto de su comportamiento, eso probablemente pondrá fin a las amenazas —aseguró—. Lamento que se encuentre en esta situación. Le sugiero que evite a este hombre y a su hijo lo mejor que pueda.

—Bueno, por supuesto. No soy una idiota —protestó ella—. Excepto que todos vivimos en el mismo edificio. Nos cruzamos.

—Solo puedo sugerir que los evite. No puedo poner un guardia en su puerta. Avíseme si ocurre algo más.

—Lo haré. —*Si estoy viva para hacerlo.*

Rachel tomó su abanico y lo agitó vigorosamente en el aire para refrescarse. El estrés exacerbaba sus sofocos. Y ella estaba estresada. Las amenazas a ella y a su hija tendían a provocar una reacción estresante. Esos Brigham.

Rachel se alegraba de vivir en el cuarto piso y no en el octavo. Sería más fácil evitar a John y a Josh cuando tuviera que salir de su unidad. También podía observar desde su despacho quién estaba cerca del ascensor antes de aventurarse a salir y subir. No quería ser asesinada en el ascensor por uno de sus enemigos. Y a veces se le ocurría pensar que tal vez estaba siendo melodramática. Pero había recibido una amenaza. Eso no era producto de una imaginación hiperactiva. Así que precaución era la palabra del día. Todos los días.

Miró de un lado a otro para asegurarse de que no había nadie cerca de su unidad mientras salía del ascensor. Con la llave en la mano, abrió rápidamente la puerta, entró y cerró tras de sí. A salvo. Vio a Precious sentada en el centro del salón, con aspecto inocente.

—¿Qué has hecho? ¿Romper algo últimamente?

La gata agitó su tupida cola y se alejó en otra dirección.

Rachel se preparó un té y se dirigió al balcón. Se sentó en uno de los cómodos sillones y bebió con satisfacción. Por fin había paz. Todo ese estrés no era bueno para su diabetes. A veces se sentía débil y sabía que era por el estrés. Su dieta era muy buena desde el diagnóstico. No quería agravar su enfermedad, así que tenía cuidado con lo que comía. Y con su medicación. Era una buena paciente.

Alcanzando su Biblia, Rachel buscó las concordancias. Buscó *paz* y encontró algo en Juan 14:27: "La paz les dejo, mi paz les doy. No se la doy como la da el mundo. No se turbe su corazón y no tengan miedo".

No tengan miedo.

Sin miedo. El miedo no se apodera de mí. No puede tocarme. Sus brazos me rodean. Estoy a salvo.

Rachel colocó la Biblia en la mesa auxiliar y echó un vistazo a la piscina. Primero vio el cabello azul y rizado de Ethel balanceándose mientras se dirigía a una tumbona. La mujer se quitó el tapado blanco antes de sentar su rollizo cuerpo. Penélope se acercó caminando, como solía hacer en la piscina. Desde su punto de vista, parecía que Penélope había entablado una conversación con Ethel, y esta se mostró receptiva. ¡Qué maravilla! Lo siguiente que supo fue que Ethel se levantó y se puso el tapado, y las dos mujeres empezaron a caminar alrededor de la piscina. Juntas. Había nacido una amistad.

Ruby entró en el despacho de Rachel, tomada de la mano de Loretta.

—¡Señoras! Me alegro mucho de verlas a las dos fuera de casa esta mañana —exclamó levantándose de su silla.

—Solo vamos a dar un paseo, tal vez a la tienda de

comestibles —anunció Ruby, mirando a su amiga con aprecio en sus ojos.

—Sí, Ruby y yo decidimos que necesitaba salir un poco —acotó Loretta, sentándose en la única silla destinada a las visitas. A Rachel le parecía que tenía un aspecto casi normal: llevaba uno de sus clásicos trajes de pantalón, de color amarillo, y llevaba el pelo recogido en un moño bajo, no en su habitual recogido. Pero se la veía arreglada y digna, no como una paciente enferma.

—Creo que es capaz de ir al supermercado —comentó Ruby, mirando a Loretta mientras se ponía a su lado—. Se ha quedado sin la mayor parte de la comida y necesita engordar un poco, ¿no crees?

—Bueno... —Rachel realmente no quería criticar a la anciana después de haber estado tan mal de salud—. Puede que necesite un par de kilos después de su ataque de neumonía. Pero a mí me parece que está estupenda.

—Me siento mucho mejor, Rachel. Mi fuerza está volviendo y estoy empezando a sentir que quiero hacer cosas de nuevo.

—Eso es maravilloso, Loretta. —Le gustó escuchar la actitud positiva.

—Bueno, solo queríamos pasar por aquí de camino a la salida —expresó Ruby—. Sabíamos que querrías saber cómo le va a nuestra chica.

—Sí, claro que sí. Y veo que lo estás haciendo muy bien. —Rachel se acercó para abrir la puerta a las dos amigas—. Me alegro mucho de que hayan pasado por aquí.

Loretta se levantó de su silla lentamente, y tomó la mano de Ruby para apoyarse mientras se dirigía a la puerta.

—Adiós, querida.

—Adiós, señoras.

—Nos vemos —saludó Ruby mientras guiaba a Loretta hacia la puerta.

. . .

—Listos para cerrar —llamó Brian al personal. Había estado apurando a todo el mundo más de lo habitual para poder dejar su negocio a tiempo. Era obvio para Angie que quería seguir con la noche que tenía por delante. El filete a la parrilla en su casa. Su primera cita, o eso era lo que ella había deducido. ¿Cómo podría llamarla si no?

Una vez fuera, en el aparcamiento, Brian hizo un gesto hacia su coche.

—Ese es el mío. —Angie miró para ver un Camaro clásico mejorado. Verde metálico brillante. Se veía bien.

Angie estaba impresionada.

—¡Guau!, vaya coche.

—Mi orgullo y alegría. He trabajado en este bebé durante años —explicó él, abriendo la puerta para ella—. Está pulido a mano. Y tiene asientos de cuero, también.

Eso no era todo. El interior estaba equipado con un volante de cuero, un equipo de música personalizado y altavoces, por no hablar de la alfombra de felpa. Y una cruz en tono dorado colgaba del espejo retrovisor. Obviamente, amaba su coche.

—Muy bonito, Brian —opinó ella cuando él abrió su puerta.

—Gracias.

Condujeron por la A1A durante unos cuantos kilómetros antes de entrar en South Daytona. No tardó mucho en llegar a un camino de entrada que apenas se veía desde la carretera. Grandes hierbas marinas brotaban a ambos lados mientras conducían hacia el garaje. Estaba separado de la casa de estilo cabaña, situado a la derecha de esta. Brian accionó el abrepuertas hacia un lugar seguro para proteger un vehículo clásico del aire salado.

Se dirigieron a la puerta principal de la casa mientras Brian pulsaba su llavero para cerrar las puertas del garaje. La casita estaba pintada de un color aguamarina suave y tenía contraventanas blancas y un techo de aluminio. Angie pensó que era bonita. Cuando entraron, se sorprendió al ver lo moderna que era. Toda la zona de estar era muy abierta. ¡Vaya concepto abierto! Aunque era una casa pequeña, la apertura le daba una sensación de mayor amplitud. Desde la puerta principal se veía la cocina, que era totalmente blanca. A la izquierda de la cocina había una pequeña mesa de madera con cuatro sillas. A la derecha de la puerta principal, un sofá de cuero de dos plazas y otro sofá a juego estaban colocados formando una esquina, frente a una gran mesa de madera tosca que se utilizaba como mesa de centro. Por supuesto, un enorme televisor de pantalla ancha estaba pegado a la pared.

—Aquí abajo está el dormitorio. —Brian guio el camino por un corto pasillo fuera de la sala de estar hasta el dormitorio, y Angie lo siguió. Estaba pintado de un color similar al exterior y tenía un baño adjunto. Un baño en suite, nada menos. Una ducha acristalada brillaba ante ella. Tenía lo que parecía ser una baldosa de roca y una elegante ducha de cascada. El mostrador tenía dos lavabos y una gran iluminación para aplicar el maquillaje. Excepto que no vivía una mujer allí. Solo Brian.

Cuando volvió a entrar en el dormitorio, Angie se fijó en las largas puertas correderas del armario.

—Vaya, mucho espacio en el armario.

—Sí, mira —Brian deslizó la mitad de las puertas para abrirlas. Lo que se vio fue un grupo de estantes y cajones de madera—. Y por aquí —agregó, deslizando la otra mitad—, es el área del vestidor.

—Esto es increíble —expresó Angie. Cada lado estaba forrado de madera con una larga zona para colgar la ropa, con estantes encima—. Es tan personalizado…

—Lo diseñé yo mismo y construí la mayor parte. —Era obvio que estaba orgulloso de su trabajo.

—¿De verdad?

—Sí, y también hice la mayor parte del trabajo en el resto de la casa.

—¿Quién iba a saber que tenía un jefe con tanto talento? —comentó con una sonrisa.

—Bien, salgamos de aquí o no comeremos ningún filete —advirtió él con una sonrisa de satisfacción.

—Oh, sí, y ahora el chef Brian demostrará otro de sus muchos talentos: el arte de asar un bistec —anunció juguetonamente mientras caminaban por el pasillo hacia la cocina—. No he comido nada para estar lista para esta maravillosa comida que vas a preparar. Más vale que sea buena.

Brian rio.

—Bien, prepárate para asombrarte. Este es mi mejor talento, mi especialidad. —En ese asunto, era evidente que a Brian no le daba vergüenza presumir.

—No puedo esperar. —Angie se sentó en un taburete de la barra cerca del mostrador, ansiosa por comer su magnífico filete.

VEINTISÉIS

ALGUIEN LLAMÓ al timbre de la unidad de Rachel. Tardó un poco en llegar a la puerta. Se había duchado y tuvo que tomar la bata de baño para estar presentable.

—¡LuAnn! Entra. —Se apartó de la puerta para permitirle pasar.

—No quería molestarte, pero tampoco quería esperar hasta la mañana —explicó LuAnn, tirando de su cola de caballo lateral, que estaba sobre su hombro.

—Está bien. Ven a sentarte en el salón. —Se dirigieron al sofá y se sentaron una al lado de la otra. LuAnn la miró con una expresión peculiar—. ¿Qué ocurre? —preguntó Rachel.

—La banda quiere salir de gira.

—¿Eso es algo malo?

—Bueno, ganaríamos más dinero. Esa parte no es mala.

—Entonces, ¿dónde está el problema?

—Tenemos que viajar. Mucho. Demasiado. —expresó LuAnn haciendo puchero.

—Oh, ya veo. ¿No quieres?

—Hice lo de las giras hace años. Era divertido cuando tenía veinte o incluso treinta, hasta cierto punto. Pero ahora tengo un hogar. Tengo amigos. Ustedes son mi familia. No quiero ir de viaje. —LuAnn la miró como si esperara una respuesta a su dilema.

—Vaya, chica, no sé qué decir. Veo tu punto de vista. No puedo decir que te culpe. —Rachel miró a su amiga con atención. Había algo más en este aprieto—. Si no vas, ¿qué sucederá con tu relación con Derks?

—No nos veremos, obviamente, durante quién sabe cuánto tiempo. Eso no es bueno para una relación.

Rachel se acordó de las tristes historias de amor de LuAnn sobre los cónyuges infieles cuando había estado de gira.

—¿Y qué vas a hacer para obtener ingresos si tu banda está de viaje? —Rachel metió los pies bajo la bata.

—Ese es otro problema. Tendría que encontrar un trabajo. Puedo hacerlo, pero no es lo que quiero. En absoluto —contestó, con un acento cada vez más fuerte debido a la ansiedad—. Me gusta nuestra situación actual. La banda, Derks y yo, todos juntos.

—Cariño, no tengo una respuesta para ti. No hay una respuesta sencilla. ¿Has hablado con Derks sobre esto? —Él era con quien necesitaba hablar de esa situación, no ella.

—Sí. Tiene muchas ganas de ir —respondió, con evidente tristeza en su voz—. No ha viajado tanto como yo. Le parece emocionante. ¿Sabes que es un poco más joven que yo?

Eso fue una novedad para Rachel. LuAnn parecía más joven que sus años, así que no era una sorpresa que estuviera saliendo con un hombre más joven. Parecía ser lo que hacían las mujeres últimamente.

—No, no lo sabía.

—Sí, unos diez años —afirmó ella, con las manos en el aire —. ¿Qué puedo decir? Me atrae un tipo más joven. A muchas mujeres de mi edad les pasa hoy en día.

—Parece que sí. ¿Está seguro de ir con la banda? ¿Incluso si tú no lo haces?

—Creo que sí. No conoce los problemas, así que todo le parece bien. —Frunció los labios hacia abajo, lo que le dio una expresión extraña.

—Cuando tengo problemas que no tienen respuesta, siempre rezo para obtenerla. A mí me funciona —planteó Rachel, acariciando la mano que LuAnn tenía apoyada en la rodilla, toda brillante con purpurina en sus largas uñas—. Prueba eso y ve lo que sucede.

LuAnn apretó la mano que tenía sobre la suya.

—Lo intentaré, cariño. Vale, ahora te dejo para que termines lo que has empezado —Su puso de pie—. No puedes cocinar la cena vestida así.

—Ah, ¿no? —Ese era exactamente su plan.

Mientras los filetes chisporroteaban en la parrilla exterior, Brian preparó la mesa de picnic para su cena. Nada era lujoso como en el restaurante al que Josh la había llevado; todo era cómodo y hogareño. Sentarse en una mesa de picnic viendo el océano de cerca era el paraíso para Angie. Se sentía relajada. Y no sintió la necesidad de impresionar a Brian. Él ya estaba impresionado. Si ella goteaba grasa en su top, a él no le importaría.

—Bien, aquí tengo todo lo que necesitamos. Ensalada, aderezo, té helado, y sin kétchup.

—¿Kétchup? —No entendió la referencia.

—Algunos ponen kétchup en el filete. Yo no lo permito. No cuando estoy cocinando el filete.

—Lo entiendo. Nunca uso nada más que sal en mi filete. Y pimienta cuando cocino.

—Buena mujer —la elogió—. Siéntate; el festín está a punto de comenzar. —Angie se metió entre el banco y la mesa mientras se sentaba frente al mar. Estaba románticamente iluminada por la luna llena. Había dos velas para ayudar a iluminar la mesa. Brian se unió a ella después de haber puesto el plato con el filete humeante frente a ella—. ¿Quieres dar las gracias o debo hacerlo yo? —preguntó.

—Oh, creo que deberías. —Angie estaba impresionada. Ninguno de sus anteriores novios había dado las gracias, especialmente Josh. Solo su padre daba las gracias en la mesa.

Cuando Brian terminó de dar las gracias, le dijo a Angie que se sirviera la ensalada. Él cortó el bistec mientras ella rociaba el aderezo en su ensalada mixta. Cuando él terminó, ella se inclinó hacia atrás para que él pudiera colocar un trozo en su plato. Tenía un aspecto maravilloso.

—Oh, Brian. ¡Guau! —exclamó; su discurso era confuso por una boca llena de carne deliciosa—. Esto es fantástico.

—Gracias. —Echó el aderezo en su ensalada y la revolvió con el tenedor—. Es una vieja receta familiar.

—No sabía que había recetas familiares para el bistec.

—Probablemente no las hay. Está en la técnica, y ese es mi secreto.

—Ah, ¿sí? ¿Tienes secretos? —se burló.

—Solo este. —Se rio mientras miraba de costado hacia ella.

—No pasa nada. No tengo por qué saberlo mientras sigas cocinando filetes para mí —señaló con una sonrisa.

—Mujer, eso no es un problema. —Brian sonrió ampliamente.

—Cocino, algo. No soy genial ni nada parecido. No tan buena como tú, y ciertamente no puedo ni acercarme a tu talento para cocinar filetes. —Ella sorbió su té helado mientras hablaba.

—Está bien. Estoy seguro de que tienes otros talentos —planteó él, y se metió un trozo de filete en la boca.

—¿Sí? No sé cuáles son. Todavía estoy tratando de averiguar eso. —Angie realmente no sabía a dónde iba con su vida. No había tenido mucho tiempo para buscar trabajo desde que trabajaba con Brian y no sabía realmente lo que quería hacer.

Tenía un montón de títulos que no le servían de mucho para una carrera concreta. Ese era su primer trabajo: en una hamburguesería. Y tenía veinticinco años. Eso no era mucho decir para ella.

—Dijiste que viviste en ashrams durante un tiempo. ¿Cómo fue eso? —preguntó él, cortando un bocado de carne.

—Me interesé por las religiones orientales, la meditación y el yoga. Por aquel entonces estaba en Massachusetts y acababa de terminar una carrera en una Universidad. Desde allí pude trasladarme a un ashram. Cuando se presentó la oportunidad de ir a la India, la aproveché. ¿Un país extranjero? ¿Estudiar con un gurú? —contó ella. Bajó el tenedor para enfatizar sus palabras con ambas manos, moviéndolas en el aire como si fueran pájaros—. Me enganché, así que me fui con algunas personas del ashram. Estuvimos allí unos tres meses, viajando de un ashram a otro.

—¿Cómo pudiste pagarlo?

—Si trabajas en los ashrams, puedes quedarte gratis. Ayudaba un poco en la cocina, sobre todo limpiando, y en la oficina. —Tomó su cuchillo para cortar más carne.

Brian asintió con la cabeza mientras masticaba.

—Eso está bien. Pero ¿cómo podías comprar cosas? Pasta de dientes, lápiz de labios, un billete a la India...

Angie se sintió incómoda. Volvió a tomar su coleta y la hizo girar alrededor de un dedo; luego miró tímidamente a Brian.

—Bueno, emmm, ¿no pensarás mal de mí?

—Por supuesto que no.

Se soltó la coleta y dejó caer las manos sobre su regazo.

—Yo era una musa.

—¿Una qué?

—Una musa. Una fuente de inspiración artística. Es cuando algo de una persona, normalmente una mujer, inspira la creatividad de un artista. Entonces, pintan a esa persona. Ella es una musa. La pintan. —Angie repitió el significado de la palabra como si fuera una vocación común.

—A ver si lo entiendo: ¿has posado para un artista? —Brian le lanzó una mirada curiosa—. Porque de alguna manera inspiraste a esta persona artista, él (supongo que fue un él) ¿te pintó?

—Sí. Exactamente.

—¿Y te pagó?

—Sí. Bastante bien, en realidad.

Brian la miró con creciente curiosidad.

—Nunca he oído hablar de algo así, excepto quizás en el instituto durante la clase de arte. Y tampoco he conocido a una musa.

—Ahora sí —señaló ella, extendiendo las manos en el aire.

—¿Posaste desnuda?

—¡Nunca! Siempre era discreto. La mayoría de las veces, llevaba ropa normal. A veces posaba en el exterior, a veces en su estudio. Un par de veces me puse un traje de baño cuando estaba en la costa. Lo que la situación requería. Y tampoco tenía una relación con él. No era así. Solo un acuerdo de negocios. —Dejó de hablar y miró para ver la reacción de él a lo que había dicho.

Brian no habló lo suficientemente rápido para Angie. A ella le preocupaba que él estuviera molesto por su anterior forma de ingreso—. Brian, ¿estás molesto conmigo?

—No, solo estoy tratando de asimilarlo todo. —Su leve sonrisa la hizo relajarse un poco—. Entonces, cuéntame qué pasó después de la India.

—Al final, nos fuimos a un ashram al norte de Londres y nos quedamos allí un tiempo. Adoro Londres —comentó. Se metió otro bocado de carne en la boca, y parte del jugo quedó brillando en sus labios—. Pero es increíblemente caro vivir allí y comprar cosas. Así que volvimos a Massachusetts por un tiempo.

—¿Y luego viniste aquí?

—No, me fui con otra chica a California y me quedé en un ashram allí. En cierto modo no quería volver a casa —admitió—. Pero no tenía otro sitio al que ir, y era el momento, me gustara o no.

—¿Por qué no querías venir a casa?

—Viví en universidades durante años y luego en ashrams. La idea de volver a vivir con mis padres no era atractiva. No hay independencia. —Levantó ligeramente un hombro para dar a entender que su razonamiento era comprensible.

—Lo entiendo.

—Y ahora estoy viviendo con mis padres. —Angie se metió un bocado de ensalada en la boca y puso los ojos en blanco.

Brian dejó el tenedor y la miró.

—Entonces, ¿cuál es tu plan para el futuro?

—No tengo ningún plan.

—¿Quieres trabajar en una hamburguesería el resto de tu vida? —bromeó.

—No, la verdad es que no —contestó ella riendo y haciendo una mueca porque no le gustaba decírselo a él.

—Yo tampoco, y soy el dueño del lugar. —Brian también rio.

—Entonces, ¿tienes planes más grandes que tener tu propio negocio?

—Me gusta tener mi propio negocio. Tiene sus ventajas. Solo que no quiero estar volteando hamburguesas cuando tenga sesenta años. —Volvió a tomar el cuchillo y el tenedor, y empezó a cortar la carne del plato.

—Entonces, ¿qué quieres hacer?

—No tengo ni idea.

—Comprendo. —Durante unos momentos se sentaron en silencio mientras comían. Entonces Angie rompió el silencio—. ¿Qué sucede con tu familia?

—¿Mi familia? —Brian sonrió en respuesta—. Buena gente.

La mejor. Mi madre trabaja en el sistema escolar como profesora. Mi padre, bueno, es especial.

—¿Cómo es eso?

—Es un predicador; muy dedicado a su rebaño, al Señor. Un gran hombre, mi modelo —afirmó, asintiendo—. Tuve los mejores padres mientras crecía.

—¿Tienes hermanos?

—No. Soy hijo único.

—Yo también. —Sonrió a Brian—. ¿Tus padres viven por aquí?

—Sí, justo al lado de Dunlawton en Port Orange. —Le puso la mano en el hombro—. Iremos algún día para que los conozcas. Les encantará.

—Eso suena bien. —Tenían mucho en común. Y se sentía cómoda estando con Brian. Eso era importante. Tenía un padre protector que le había inculcado el deseo de seguir sintiéndose protegida por un hombre. De sentirse querida y cuidada. Miró a su lado al hombre que estaba a su lado mientras clavaba un trozo de carne y pensó: "Es un buen partido".

VEINTISIETE

—¿CUÁLES son tus planes para el día? —preguntó Rachel.

—Estoy al día con el mantenimiento aquí, así que pensé en pasar el día en el alojamiento —respondió Joe, y se llevó una cucharada de cereales a la boca.

—Oh, bien. No olvides llevarte un sándwich. —Rachel se sentó y tomó un sorbo de café. Para ella era demasiado pronto para desayunar—. ¿Cómo te fue anoche? —Volvió su atención hacia Angie.

—Estupendo —contestó entre bocados de tostada. A diferencia de su madre, a Angie le encantaba el desayuno, especialmente la mantequilla de maní untada en una tostada—. Este hombre sabe cocinar.

—¿Ibas a comer un filete? —preguntó Joe.

—Sí, y estaba perfectamente cocinado —respondió—. Y sin kétchup. No permite que nadie ponga kétchup en sus deliciosos filetes.

Rachel rio.

—Un hombre a mi medida.

—Deberías ver su casa de campo. Es preciosa. Y está en la

playa —contó Angie—. Comimos en una mesa de picnic al aire libre, a pocos metros del océano. Un paraíso.

—Eso suena bien. Es dueño de su propia casa, tiene su propio negocio. Impresionante. —Joe levantó la vista de sus cereales—. ¿Pero es simpático?

—¡Oh, papá! Te preocupas demasiado. Sí, es muy simpático, y es hijo único —aseguró ella, haciendo crujir su tostada—. Su padre es predicador.

—¿Qué hace la madre? —preguntó Rachel.

—Es profesora. Dice que tuvo una gran infancia. Mucha gente no puede decir eso —argumentó Angie, levantando su café—. Tenemos mucho en común, creo.

—Todo suena mucho mejor que Josh. —Joe miró a su hija con ojos de sorpresa. Era la mirada que usaba cuando le hacía notar que ella había metido la pata de alguna manera.

—Sí, por lo que puedo ver hasta ahora, no se parece en nada a Josh.

—¿Le dijiste al detective lo que encontramos en internet sobre Josh y su padre? —preguntó Rachel.

—Sí, lo sabía. Y lo sabían casi todo. Están trabajando en el caso —aseguró Angie—, pero hasta ahora Josh no ha sido arrestado, solo interrogado.

—Me gustaría ver a ese tipo entre rejas —comentó Joe, levantándose de la mesa—. No es bueno, solo da problemas.

—Y es peligroso —añadió Rachel—. Igual que su padre.

—¿Qué demonios le pasa a la gente? —Bonnie dejó de despotricar y empezó a murmurar en voz baja mientras llevaba un cubo lleno de platos sucios del comedor.

—¿Qué pasa? —preguntó Brian, apartándose de la plancha.

—Cliente tonto. Grosero. Como si no estuviera ocupada —protestó, y apoyó el cubo con fuerza sobre el mostrador.

—¿Qué necesitas? —preguntó él.

—Aparentemente, necesito otro brazo —contestó con la exasperación escrita en su rostro.

—Déjame los platos a mí —le pidió él, deslizando el cubo hacia él—. Atiende al cliente.

Bonnie regresó inmediatamente a la zona del comedor. El otro lado de la puerta giratoria se abrió segundos después. Angie entró con rapidez.

—Es una locura ahí fuera —anunció—. Un caos total. Tienes que contratar a otra chica.

—Dee llegará en cualquier momento —respondió él.

—No veo la hora —respondió Angie, recogiendo los platos limpios en una bandeja. Luego, volvió al salón del caos.

Angie era muy trabajadora, a pesar de su falta de trabajos en el currículum. También decía lo que pensaba, lo que a Brian le resultaba atractivo. No era lo único que le atraía de ella. Podía ser ingeniosa. Podía ser inocente. Podía tener un arrebato de mal genio, y luego cambiar a un estado de ánimo agradable en un instante. También podía ser muy dulce. Y luego estaba su bonita cara. Su cara. Brian había soñado con su cara la noche anterior. Toda la noche. Sus hermosos ojos azules brillaban cuando lo miraba. Angie era increíble a los ojos de Brian.

Hacía unos meses, había cargado con veinte kilos de más en su gran cuerpo. Su alimentación sin sentido, sobre todo por aburrimiento, había sido su perdición. Pero, una vez que Angie había ido a trabajar para él, había tenido un incentivo para perder los kilos de más. Incluso había estado levantando pesas para ayudar a que el número de la balanza bajara constantemente. No sabía por qué no las había usado todo el tiempo. Sus pesas estaban convenientemente aparcadas en el garaje, esperando a que les prestara atención. Pero ahora tenía el deseo de ponerse saludable. Y su nombre era Angie.

Dee Tremaine irrumpió por la puerta batiente, e interrumpió los pensamientos de Brian.

—Vaya, es un zoológico ahí fuera. Puede agradecerme que esté aquí, señor Forbes.

—¿Ahora es el señor Forbes?

Dee rio.

—¿No tiene edad para ser mi papá?

—Más vale que esté bromeando, señorita Tremaine —bromeó—. Usted no es mucho más joven que yo.

Dee se ató el delantal a la cintura, lo que cubrió el uniforme rosa.

—Bien, jefe, estoy lista. —Dee salió, hacia la zona del comedor.

Angie suspiró mientras cargaba los platos sucios en un cubo. Cuando se dio vuelta, vio a Josh sentado en el borde de una cabina a su lado. Alargó la mano y le sujetó la muñeca.

—Siéntate.

—No puedo sentarme, estoy ocupada. ¿No ves lo loco que es este lugar? —Ella miró a Josh como si hubiera perdido la cabeza.

Angie trató de alejarse, pero Josh la sujetó con fuerza de la muñeca.

—He dicho que te sientes, y lo digo en serio.

La expresión de su rostro era oscura. El miedo atravesó a Angie como una inyección. Puso el cubo sobre la mesa y se sentó frente a él.

—¿Qué quieres?

—Quiero que dejes de faltarme al respeto. Ve a la Policía y diles que te has equivocado conmigo —exigió en voz baja. Aunque el volumen era bajo, a ella no se le escapaba la intimidación—. Diles todo lo que se te ocurra, pero asegúrate de que entiendan que metiste la pata. Que te equivocaste.

—No puedo hacer eso. Pensarían que soy una chica tonta que no tiene las ideas claras. Además, estaría mintiendo. Yo no miento.

Josh se inclinó más hacia ella, como la última vez que habían salido a cenar. Ella podía sentir su calor, su ira, era tan potente... Y entonces habló:

—Harás lo que se te dice, o haré que te arrepientas de haber pronunciado una palabra irrespetuosa sobre mí, señorita "Cara Bonita".

¿Su cara? Un escalofrío subió por su columna vertebral y se posó en su cabeza. Se sintió débil, desequilibrada. *¿Mi cara?*

—¡Levántate! —vociferó Brian, agarrando a Josh por la parte posterior de su cuello. Levantó físicamente al hombre del asiento, y lo arrastró hacia el pasillo—. No vuelvas a hablar con Angie, ni aquí ni en ningún otro sitio. Sal y ni se te ocurra volver. —Brian miró al hombre, demasiado cerca para su comodidad, con una expresión que sugería que iba en serio. Angie nunca había visto ese lado de Brian—. Si te veo por aquí, eres carne muerta. No estoy jugando. —Cuando Brian lo soltó, Angie notó que los ojos de Josh eran grandes. Se colocó la camisa negra en su sitio; parecía un poco agitado. Sin decir una palabra, Josh se dio vuelta para irse—. No vuelvas —gritó Brian cuando el hombre salió.

—¿Cómo lo supiste? —preguntó Angie.

—Lo vi a través del pasillo cuando entró. Era obvio que buscaba problemas. Luego, supe quién era cuando te vi sentada con él. Como un relámpago, me di cuenta. —Brian miró a Angie —. Cuando salí y vi tu cara, no hubo duda.

—Gracias —expresó ella. Se levantó y lo rodeó con sus brazos.

—Vaya, ¿esto es lo que tengo que hacer para conseguir un abrazo? —bromeó.

Angie se echó hacia atrás y sonrió.

—No, tengo muchas más.

Los clientes rompieron en aplausos. Alguien gritó: "héroe". Brian rio.

VEINTIOCHO

—¿SABEN?, estoy tan desanimada esta noche... —comentó LuAnn. No parecía desanimada. Todo lo contrario. Vestida con un elegante top rojo con lentejuelas en varias zonas, parecía la reina de la música country. Sus largas uñas rojas brillaban en el aire mientras hablaba con las manos. Los vaqueros negros que llevaba favorecían cada una de sus curvas. ¿Aburrida? ¿Quizás buscaba atención?

—¿Qué ocurre ahora? —preguntó Olivia. Miró a LuAnn mientras revolvía con una pajilla su té helado—. Te ves muy bien, chica.

—Derks definitivamente irá a esa gira por el país. Y yo me quedaré aquí sola —protestó haciendo un mohín con sus labios rojos.

—Entonces, vete con él —sugirió Rachel.

—No quiero.

—Ve. El edificio es seguro, así que no tienes que preocuparte por los ladrones. Y estaremos aquí cuando vuelvas. No vamos a ir a ninguna parte. —Rachel le dedicó a su amiga una sonrisa de ánimo.

LuAnn miró a su amiga con sus grandes ojos azules.

—No quiero ir, Rachel. Ningún deseo en absoluto. Ninguno. Nada.

—Dinos cómo te sientes realmente —bromeó Olivia.

Tratando de cambiar de tema para alejar a LuAnn de Derks, Rachel le hizo una pregunta a su amiga:

—Dime algo: ¿los dedos de tus pies hacen juego con tus uñas? ¿También son de un rojo brillante y chispeante?

LuAnn le lanzó una mirada peculiar.

—Bueno, ya que preguntas, la respuesta es no, cariño. Tengo los dedos de los pies tan nudosos que los escondo bajo unas bonitas botas. —Sacó un pie de debajo de la mesa, mostrando unas botas negras de vaquera con flecos.

—Ya veo.

Unas risas retumbaron desde el rincón más alejado de la Casa Club, donde se encontraban cuatro hombres alrededor de una mesa. Parecían estar jugando una partida de cartas. Rachel trató de mostrarse despreocupada mientras los miraba. No quería parecer que los estaba espiando, aunque lo estaba haciendo.

—Esos tipos están jugando a las cartas —señaló LuAnn lo obvio—. Me pregunto si están apostando.

—Parece que así fuera —acordó Rachel.

—Creo que eso es exactamente lo que están haciendo —indicó Olivia—. Desde donde estoy sentada, puedo ver los billetes en el centro de la mesa.

—Eso no es cambio de sus bebidas. —Rachel frunció el ceño—. ¿Alguien conoce a esos tipos? —Ambas mujeres dijeron que no. Justo cuando Rachel estaba a punto de acercarse a la mesa, los cuatro hombres se levantaron y salieron—. Me pregunto a dónde van.

—Una de nosotras tiene que seguirlos —sugirió LuAnn.

—Tú no. No pueden evitar verte merodeando atrás —señaló Rachel.

—¿Y? Puedo ir en el ascensor con ellos; ver en qué piso se

bajan. —LuAnn se levantó rápidamente—. Será mejor que me dé prisa o los perderé. —Con largas zancadas de sus botas de vaquera, salió tras los hombres. Rachel y Olivia se miraron en silencio. Las puertas del ascensor empezaban a cerrarse cuando LuAnn dobló la esquina—. Oh, por favor, detengan el ascensor —gritó con su más profundo acento sureño. Uno de los hombres se asomó para ver quién había hablado y vio a LuAnn, que se dirigía a toda prisa hacia el ascensor. Le sujetó la puerta. Por supuesto—. Oh, gracias, señores. —Entró en el ascensor con una gran sonrisa—. Muy amable por esperarme.

—Un placer —señaló uno de los hombres—. ¿Qué piso?

—Ocho.

—Ya lo tengo apretado. ¿Vive aquí, o viene a la fiesta?

—Yo vivo aquí. Pero hábleme de la fiesta —pidió, moviendo las pestañas postizas como si espantara una mosca.

—En la ochocientos diez, un grupo de nosotros está jugando al póker. Con grandes apuestas.

—Lo que quiere decir es que hay que pagar para entrar y garantizar cincuenta mil —acotó otro hombre—. Debería venir. Por lo menos pasar el rato para darnos buena suerte.

—Oh, cariño, no sé nada de póquer —afirmó LuAnn, mirando a los hombres con expresión tímida—. Y dudo de que les traiga suerte. Nunca he ganado nada en mi vida. —Dejó escapar una carcajada. Las puertas se abrieron, y LuAnn salió primero. Se dio la vuelta mientras salían—. Que se diviertan esta noche. —Le dieron las gracias y la vieron alejarse antes de girar en dirección contraria. LuAnn se detuvo y se volteó para observar a los hombres. Los vio entrar en la ochocientos diez mientras una mujer pasaba junto a ellos en la puerta. Era una morena pechugona con un vestido azul de escote pronunciado. Después de encender un cigarrillo, se inclinó sobre la barandilla mientras fumaba. Poco después, otro hombre de los cuatro se unió a ella en la pasarela, y también encendió un cigarrillo—. A Rachel no le va a gustar esto —susurró para sí misma mientras volvía a los ascensores. Cuando las puertas se abrieron, había tres hombres más dentro. LuAnn asintió y esbozó una leve sonrisa. Esperó a un lado hasta que salieron y luego observó para ver a dónde iban. Después de saludar a la pareja en el pasillo, los vio entrar en la unidad.

—Entonces, ¿qué pasó? —preguntó Rachel cuando LuAnn volvió a la mesa.

—Todo es malo —contestó, sentándose de nuevo en su silla —. Me hice amiga de los hombres, así que me invitaron a una partida de póker en la ochocientos diez, una partida de altas apuestas, según dijeron. Una garantía de cincuenta mil y una cuota para entrar.

—¿Qué? —Los ojos de Rachel casi se le salían de la cara.

—Vi a una barbie con un vestido escotado fumando fuera, y luego otro hombre, no uno de los cuatro, salió a fumar con ella. Luego, cuando volvía a subir al ascensor, salieron otros tres hombres que entraron en la ochocientos diez. Conocían a la pareja que fumaba.

Rachel estaba tan enfadada que no podía hablar. No dejaba de golpear el reposabrazos con las manos en señal de frustración y de mirar a una amiga y a otra.

—Creo que está molesta —señaló Olivia, pero no en broma —. Cálmate. Esto no es bueno para tu presión arterial ni para tu diabetes, cariño.

—¡Aaah! —Dejó escapar un sonido de exasperación—. No... solo... va... contra... las... normas... fumar... en... el... pasillo —espetó—, sino que va contra la ley... apostar... dentro... de... las... instalaciones.

—Por no hablar de los juegos de azar sin licencia —agregó LuAnn.

—¡Sí!

—¿Qué vas a hacer? —preguntó Olivia.

—No lo sé. No creo que llamar a la Policía sirva de algo —planteó—. Simplemente se librarán como antes. Pero hablaré con el presidente de la junta... a primera hora dc la mañana. Él tuvo algo que ver con la compra de la unidad por parte de los Brigham. Necesita saber lo que está pasando. Y él puede arreglar este lío. No necesito involucrarme.

A la mañana siguiente, antes de que Rachel tuviera tiempo de llamar a Charles Amos, Penélope entró en su despacho. Alfred la seguía.

—Buenos días, Rachel —saludó Alfred. No era habitual que se atreviera a hablar antes de que Penélope apenas tuviera tiempo de sentarse en la silla de invitados.

—Buenos días a los dos. ¿Qué los trae por aquí tan temprano?

—Necesitamos de nuevo tus servicios como notaria —contestó Alfred.

—Sí, por favor. —Penélope sonrió a Rachel. Algo estaba mal, pero ella no sabía qué.

—¿Qué puedo hacer por ustedes? —Ella miró a uno y a otro, sin estar segura de quién hablaría.

—Bueno, eh, queremos que, eh... —Alfred comenzó a decir.

—Oh, escúpelo, Alfred, por el amor de Dios —espetó Penélope; su cara pasó rápidamente de una sonrisa a un ceño fruncido.

Rachel se concentró en la cara de Alfred y esperó.

—¿Nos casarías?

Como Rachel estaba de pie, sintió la necesidad de sentarse, así que lo hizo.

—¿Casarse? ¿Quieren que los case?

—Sí —respondió Penélope, sonriendo de nuevo—. Junto al jardín. Es un lugar precioso para una boda.

Rachel estaba estupefacta. Y divertida. Y un poco sentimental. ¿Qué tan dulce era eso? Dos ancianos que querían casarse.

—Por supuesto, estaré encantada de hacer los honores —aceptó Rachel, sonriendo a la pareja—. ¿Cuándo quieren hacerlo?

—El sábado. Al mediodía —indicó Penélope—. En el jardín. —Evidentemente la parte de Alfred había terminado, y Penélope tomó el relevo.

—Donde quieras, Penélope.

—Nada elegante. El jardín proporcionará el ambiente.

—Sí, lo hará. ¿Tienes tu vestido?

—Sí. Algo que tenía guardado en el fondo del armario para esta ocasión.

—O-oh —expresó Rachel, haciendo que la palabra se deslizara en dos sílabas. Su cabeza se arremolinaba con preguntas que no podía hacer: ¿cuánto tiempo llevaba planeando esa boda? ¿Cuántos años tenía ese vestido? ¿Era blanco? ¿Había estado guardándolo durante años hasta que su verdadero amor apareciera en escena? Y entonces se le ocurrió a Rachel: ¿en qué estado estaba ese vestido?—. Estoy deseando ver el vestido que has elegido —agregó, asintiendo con la cabeza.

—Yo también —intervino Alfred.

VEINTINUEVE

EL SIGUIENTE ACTO de Rachel fue llamar a Charles Amos, el presidente de la asociación de residentes del condominio. El hombre contestó al segundo timbre.

—Charles, soy Rachel —anunció ella después de escuchar su voz ronca—. Necesito hablar contigo, así que espero que sea un buen momento.

—¿Quieres que baje a tu despacho?

—Sí, sería una buena idea. Esto es importante.

—Ya estoy en camino. —Charles colgó el teléfono. Cinco minutos después, entró en su despacho. Era un hombre delgado con un mechón de pelo blanco en la cabeza, que le daba un aspecto de grandiosidad. También tenía las cejas inusualmente pobladas y lucía un bigote blanco igualmente frondoso. No dudó en sentarse en la silla de invitados frente a Rachel—. ¿Qué es tan importante? —preguntó, cruzando sus larguiruchas piernas.

—Anoche hubo una partida de póker en la ochocientos diez. Esa es la unidad de Brigham, por si no lo recuerdas. —Rachel se sentó de nuevo en su silla, apoyó los codos en los reposabrazos y juntó las manos al frente. Esperó a ver cómo reaccionaba él a ese anuncio.

—¿Y? Una partida amistosa de póker no es gran cosa. —Charles cruzó los brazos sobre el pecho—. Un entretenimiento perfecto.

—Puede que haya sido amistoso y entretenido, como tú dices, pero fue ilegal. —Rachel no dejó que su mirada se desviara.

Charles descruzó y volvió a cruzar las piernas hacia el otro lado.

—No, no en una casa privada. De ninguna manera.

—Charles —insistió ella, mirando brevemente hacia abajo—, es ilegal cobrar una cuota de entrada y llevar a cabo un juego de altas apuestas con un mínimo de cincuenta mil dólares requeridos para entrar en el juego. Por no hablar de que no eran personas de nuestro condominio. Eran forasteros que venían a una partida de póker que ofrecían los Brigham. Esto no es un establecimiento de juego. Es un condominio residencial que atiende a la gente de más de cincuenta años.

—Entonces, ¿cuál es el daño? No mataron a nadie. Nadie recibió un disparo —señaló él, riéndose de sus comentarios—. Solo estás siendo tonta.

¿Qué pasaba con los hombres que últimamente llamaban *tontas* a las mujeres? A ella no le gustaba el término; era denigrante.

—¿El daño? Fue ilegal, Charles. —Se inclinó hacia delante con los brazos apoyados en su escritorio—. Había mucha gente presente. En su mayoría hombres, con una pizca de mujeres vestidas para hacerles compañía, supongo. No era una partida de póker amistosa. Los Brigham organizaron un evento de juego ilegal.

—Te recuerdo que el juego es legal en Florida —afirmó él entre dientes apretados. Rachel pudo ver que estaba enfadado.

—No es legal, a menos que tengas una licencia y estés

dirigiendo un establecimiento de juego. El condominio no es un establecimiento de juego, señor presidente —explicó con toda la firmeza que pudo reunir—. Sé que esto es incómodo, especialmente porque estuviste en el juego anoche. —Ella no lo sabía con seguridad, solo tenía sospechas, pero valía la pena intentarlo para ver su reacción.

—¿Yo? ¿Por qué dices eso? —Su expresión cambió inmediatamente. Su cara se transformó en una mirada inocente de niño pequeño.

—Te han visto, Charles. Nadie que viva aquí se parece a ti, y dudo mucho de que alguien más en Daytona Beach se parezca.

La boca del hombre se tensó. Lo tenía atrapado.

—Mira —expresó, descruzando las piernas. Se inclinó hacia delante y apoyó los codos en las rodillas—. He vivido aquí mucho tiempo. Tal vez demasiado. No hay mucho que hacer aquí, excepto nadar. O tal vez bajar a la casa club. Necesitamos algo de diversión, algo de entretenimiento, ¿sabes? Una pequeña partida de póker. ¿Qué daño puede hacer?

—¿Cuántas veces tengo que decir que es ilegal? —Rachel lo miró fijamente a los ojos—. Sabes que lo es. Y tú sabías a quién estabas permitiendo comprar una unidad cuando diste el visto bueno a John Brigham. Por eso él y su hijo recibieron una consideración especial. No nací ayer, Charles. ¿No vas a Las Vegas con frecuencia?

Él se reclinó en la silla con un suspiro. Estaba atrapado y lo sabía.

—¿Qué quieres que haga al respecto?

—Deshazte de ellos.

—No es tan fácil. John es el dueño de la unidad. No podemos desalojarlo como a un inquilino.

—Entonces, resuélvelo. Hazles la vida imposible. Ve a ver nuestro abogado y consulta sobre desalojarlos —sugirió. Tomó un bolígrafo en la mano y apuntó hacia él—. Y dile a tu colega, John, que no haga más juegos.

Los ojos de Charles se agrandaron y sus labios se movieron un poco antes de hablar.

—¿Yo? No puedo hacer eso. Hablaré con el abogado, cualquier otra cosa que creas que puede ayudar, pero no voy a hablar con él. —El hombre estaba seriamente perturbado por la idea de cualquier discusión sobre la interrupción de los juegos de póker. Obviamente, sabía que John Brigham no era un hombre con quien meterse.

—Bien, entonces pasa a la acción. Pide una cita para ver al abogado. —Rachel sintió que había ganado el debate.

—Me ocuparé, Rachel —aseguró él, levantándose. Rachel creyó ver que le temblaban las manos—. Estaré en contacto.

—Por favor, hazlo.

Rachel sacó su abanico después de que él se fuera y empezó a agitar el aire sobre sí misma. *Eso fue bastante bien.*

LuAnn volvió a dejar su bebida sobre la mesa y tamborileó con sus largas uñas sobre el costado del vaso mientras esperaba a Olivia y a Rachel. Las dos mujeres entraron juntas, después de haberse encontrado en el ascensor.

—Ahí está nuestra chica —anunció Olivia mientras se sentaba en una de las sillas. Estaba sonriente y tenía un aspecto alegre con su ropa de tiempo libre: unos vaqueros y un suéter.

—¿Llevas mucho tiempo aquí? —preguntó Rachel, sentada entre las dos mujeres. Levantó el brazo y el camarero se apresuró a acercarse—. Quiero un té helado. Creo que ella también.

—Sí, té helado, por favor —repitió Olivia.

—No demasiado tiempo. Solo me estoy relajando. —LuAnn tenía un aspecto más informal esa noche. Llevaba el pelo recogido en una cola de caballo, lo que era muy poco habitual. Normalmente, llevaba el pelo recogido o en un rodete. Y los vaqueros que llevaba eran holgados, con un top azul desgarbado que le caía por encima.

—Te ves cómoda —opinó Rachel. No había tenido tiempo de cambiarse la ropa de la oficina.

—Tú estás fantástica —le dijo Olivia a Rachel. Su camisa blanca seguía luciendo impecable sobre su pantalón de vestir negro.

—Bueno, gracias. Me siento mejor ahora que como bien y tomo los medicamentos. Me alegra decir que los números de la diabetes han estado dentro de un buen rango.

—Solo me estoy relajando. —LuAnn hizo un movimiento casual de su cola de caballo con una mano—. No hay razón para arreglarse.

—¿No has encontrado un trabajo? —preguntó Rachel.

—No. Nada. En un par de semanas, no hay problema, pero no hay nada disponible actualmente.

—Así que ¿Derks se fue de viaje? —preguntó Olivia, aceptando su bebida del camarero.

—Sí, por desgracia. No pude conseguir que se quedara, ya que los otros chicos querían hacer la gira. —LuAnn suspiró y se llevó el vaso a los labios, sin pintalabios—. Sugerí que hiciéramos un dúo, pero a él le apetece mucho experimentar la carretera.

—Descubrirá que no es lo que parece —comentó Rachel, aceptando su té helado.

—Pero ¿a qué precio? ¿Seguirá siendo mi hombre cuando vuelva? ¿Las hembras babeantes le inflarán tanto el ego que se creerá el próximo Tim McGraw? —Cuando dejó su vaso sobre la mesa, hizo un fuerte ruido que enfatizó su consternación.

Rachel miró a su amiga con la preocupación estampada en su rostro.

—No sabes, podrían desencantarlo la emoción y la superficialidad.

LuAnn giró la cabeza hacia Rachel.

—Claro. ¿Primera vez de gira? No es probable. Lo disfrutará.

Rachel decidió cambiar de tema.

—Tuve una conversación con Charles sobre la actividad de juego en la unidad de Brigham.

—Oh, ¿qué dijo? —preguntó Olivia.

—Al principio, los defendió, diciendo que era legal. ¿De verdad? —Rachel puso los ojos en blanco—. Luego tuvo que admitir que estaba en el partido cuando dije que lo habían visto allí.

—¿Estaba allí? —inquirió Olivia.

—Sí. No lo sabía con certeza, pero en cierto modo lo engañé. —Rachel no pudo evitar sonreír ante su astucia—. Verás, pensé que la venta había sido extraña, y fue una especie de acuerdo con una palmadita en la espalda por el trato preferencial que se les dio. Para mí es obvio que Charles sabía lo del juego antes de que se mudaran.

—¿No va Charles mucho a Las Vegas? —indagó Olivia.

—Seguro que sí, lo que aumentó mis sospechas. Así que le dije que hablara con John.

—¿Qué respondió a eso? —preguntó LuAnn.

—Se negó, aunque no puedo culparlo. Entonces, accedió a hablar con nuestro abogado y a trabajar en alguna forma de sacarlo. —Dio unos sorbos a su bebida y se apoyó en el respaldo de la silla, con la bebida aún en la mano—. Esto es un lío. ¿Te imaginas dirigir una partida de póker en una de nuestras unidades? Y, además, John y Josh son peligrosos. Asquerosos. Tengo miedo de vivir en mi condominio.

—¿Te han amenazado desde la última vez que John fue a tu oficina? —preguntó Olivia.

—No, a mí no, pero a Angie, sí. Nos contó que Josh entró en la cafetería donde trabaja y que la amenazó. —Rachel bajó la mirada mientras intentaba recomponerse—. Le pidió que le dijera a la policía que se había equivocado, que había cometido un error. Ella se negó y él le dijo, básicamente, que le estropearía la cara si no lo hacía.

—¿Su cara? ¿Qué ha hecho? —inquirió LuAnn.

—Bueno, afortunadamente, Brian (ya sabes, el dueño del lugar...) intervino y sacó a Josh de la cabina y le dijo que no volviera. No has conocido a Brian, pero es un tipo grande y Josh, aunque sea un maleducado, no es tan grande.

—Entonces, ¿qué hizo Josh? —preguntó Olivia.

—Nada. Angie dijo que parecía nervioso. Se fue sin decir nada.

—Bien por Brian, el héroe de Angie —celebró LuAnn.

—Es un poco más que eso —señaló Rachel, sonriendo ligeramente—. Están saliendo.

—Oh, qué dulce —comentó Olivia, siempre romántica.

—Tiene una bonita casa de campo en la playa, y propia, nada menos. Obviamente, es dueño de su negocio. Le va bien. —Rachel parecía feliz por su hija.

Olivia juntó las manos.

—Me alegro mucho por ella.

—Yo también —acotó LuAnn.

—Y yo. —Rachel tomó un sorbo de su té.

TREINTA

LLEGÓ EL SÁBADO, y Rachel estaba ciertamente emocionada ante la perspectiva de unir a la pareja mayor en matrimonio. Le encantaban las bodas. Siempre la dejaban con un sentimiento romántico durante días. Mientras miraba en su armario, recordó su propia boda. Había sido extravagante y divertida. Pero esos recuerdos tendrían que esperar. Ese día tenía que pensar en qué ponerse para esa boda.

—¿A qué hora es la boda? —preguntó Joe al salir del baño, donde acababa de terminar de ducharse.

—Al mediodía. En el jardín.

—¿Puedo vestirme de manera informal?

—Claro, no estás en la fiesta de la boda. —Ella siguió deslizando perchas hasta que encontró el vestido perfecto: el rosa. Era entallado, de líneas definidas, y lo suficientemente fresco para el sol del mediodía. También tenía unos tacones rosa que combinaban perfectamente con el vestido. Por eso los había comprado. Cualquier excusa para comprar zapatos era buena. Se puso el vestido y los zapatos, y luego añadió las joyas adecuadas para complementar su atuendo. Le gustaba lo que veía en el espejo, a pesar de la barriga que había ganado en el último año. Por fortuna, no sobresalía demasiado con ese vestido. Sabía que era el resultado de su cambio de vida. Mientras que su cintura se había vuelto más definida, su trasero se había aplanado y toda esa grasa había parecido desplazarse hacia la parte delantera. *Voilá*: había nacido una barriga. Rachel recogió sus papeles y se preparó para salir—. Joe, estoy lista para ir.

—Justo detrás de ti. —Él se unió a ella junto a la puerta, vestido con unos sencillos pantalones y una camiseta deportiva. Iba elegantemente informal, para Florida, al menos.

Llegaron al jardín, y Rachel eligió el lugar lógico para situarse y pronunciar los votos matrimoniales. Dos pasillos rodeaban y atravesaban el centro del jardín, lo que permitía que el novio caminara por un lado y la novia por el otro, además de los asistentes que pudieran participar. Mientras observaba, tuvo que convenir en que eso era perfecto para una boda debido a que el océano se deslizaba sobre la arena algunos metros detrás del jardín donde ella estaría. La perfección de Daytona.

Una mujer que no reconoció, con un pelo rojo brillante que podía competir con el color de Ruby, se acercó a ella a toda prisa. Estaba un poco pesada y definitivamente sin aliento cuando llegó a Rachel.

—Hola, soy Margaret —se presentó, extendiendo su mano—. Soy la hija de Alfred.

—Oh, encantada de conocerte. Soy Rachel. Es un placer que estés aquí para apoyar a tu padre.

La mujer se rio, y su cuerpo se agitó un poco.

—Sí, bueno, viejo loco. ¿Quién se casa a su edad?

—Probablemente, no mucha gente. Por otro lado, no muchos viven hasta su edad.

—Es cierto. Mi marido está ahí fuera, en alguna parte —señaló moviendo el brazo hacia atrás—. No creo que mis hermanos puedan venir. Uno de ellos sé que no quiso venir. Pensó que papá estaba loco. —De nuevo, se rio.

—¿Has conocido a la novia?

—No. ¿Es agradable?

—Es dulce (la mayoría de las veces), un poco mandona y un poco religiosa. La describiría como correcta. *—Por decir lo menos.*

—Mmm. Como sea, no me voy a casar con ella. ¡Ja! —Margaret se rio de nuevo.

Algunos de los residentes comenzaron a reunirse. Varios usaban andadores, dos estaban en silla de ruedas y el resto, supuso, tendría que estar de pie. No había asientos en el jardín, salvo el único banco de cemento.

Apareció un niño del que Rachel supuso que tendría unos once años.

—Hola, soy Timmy. Soy el nieto.

—Encantada de conocerte, Timmy —expresó ella, tomando la mano que él le ofrecía.

—Estoy a cargo de la música. —Era bajito para su edad, llevaba unas grandes gafas marrones sobre los ojos y una sonrisa de oreja a oreja. Vestido con un traje de niño, era adorable.

—¿De verdad? Es muy amable por tu parte.

—Sí, tengo este dispositivo. Llenará el lugar de sonido. —Lo levantó en el aire.

Rachel nunca había visto nada parecido al aparato electrónico que él tenía en la mano. No era muy grande, pero hoy en día, los aparatos electrónicos eran increíblemente pequeños.

—¿Es tu madre? —Señaló hacia Margaret.

—No. Ella está allí. —Timmy señaló a otra mujer que acababa de entrar en el jardín. La mujer tenía rasgos similares a los de Margaret, pero era mucho más delgada. Tenía el pelo castaño natural y llevaba un sencillo vestido estampado, suficiente para soportar el calor del día.

Un hombre se acercó a Rachel, del que supuso que era el

marido de una de las dos mujeres. Era alto y de buen peso. Pensó que era el de la hija que aún no conocía.

—Penélope quería que te dijera que está en la puerta con mi suegro.

—Bien, gracias. Entonces, vamos a empezar. —Nadie había compartido ninguna información sobre los procedimientos, así que Rachel estaba improvisando la ceremonia, esperando instrucciones. Miró a Timmy y le indicó que empezara la música. Y la música comenzó.

Penélope y Alfred salieron por la puerta que daba a un camino de cemento que llevaba al jardín. La versión instrumental de *I'll Be Loving You, Always* flotaba en el aire mientras caminaban. Penélope se sujetó del brazo de Alfred; llevaba un pequeño ramo de rosas blancas en la otra mano. Avanzaron lentamente hacia el jardín. Todo el mundo estaba expectante, excepto los pocos que iban en silla de ruedas. Una vez dentro del jardín, Alfred caminó por el lado izquierdo mientras Penélope lo hacía por el lado derecho del camino, que estaba dividido por hermosos arbustos en flor. Las rosas rojas florecían a la derecha de Penélope, y los crisantemos amarillos florecían a la izquierda de Alfred. Él iba vestido con un suave traje gris mientras avanzaba lentamente por el pasillo. ¡Pero la novia! Ella robó el espectáculo.

Penélope llevaba un vestido blanco completo, con un sencillo velo que le caía hasta la mitad de la espalda. El vestido tenía mangas lisas, que le llegaban hasta las muñecas y estaban recogidas en un puño. El corpiño abrazaba su cuerpo y estaba cubierto de perlas. El cuello alto de encaje le llegaba cómodamente hasta la barbilla, mientras que la falda se ondulaba con la brisa marina. Rachel pensó que el vestido era impresionante, por no mencionar que era único para una mujer de su edad. Supuso que aquel vestido había estado colgado en el armario de Penélope durante décadas, cuidado con maestría para estar en tan prístino estado. Debajo del vestido, mientras

Penélope caminaba, Rachel se dio cuenta de que asomaban la punta de sus zapatillas blancas.

Una vez que llegaron al lugar donde estaba Rachel, esta le indicó a Timmy que apagara la música y le susurró a la pareja dónde colocarse. Comenzó la ceremonia, sintiéndose agradecida por haber elegido unos votos muy tradicionales para la pareja mayor. Cuando llegó la parte en la que debían intercambiar los anillos, un hombre y una mujer saltaron del banco de cemento para participar, cada uno de pie en el lugar apropiado. Penélope entregó su ramo a la mujer, a la que Rachel no reconoció. Ella pronunció los votos, y la pareja los recitó individualmente después de ella. El hombre sacó el anillo para Penélope en el momento adecuado, y la mujer hizo lo mismo con el anillo de Alfred.

—Los declaro marido y mujer. Puedes besar a la novia.

Alfred no perdió el tiempo. Plantó un sólido beso en los labios de Penélope y luego sonrió ampliamente. Todo el mundo aplaudió a la feliz pareja mientras se giraba para mirar a los presentes.

Rachel respiró con emoción y luchó contra las lágrimas de alegría, recordando vívidamente el día de su boda. Solo podía esperar que Alfred y Penélope fueran tan felices como lo habían sido ella y Joe, durante el tiempo que les quedaba juntos.

TREINTA Y UNO

UNA SEMANA DESPUÉS, Charles entró bruscamente en el despacho de Rachel. No había concertado una cita, como era su costumbre, así que ella se sorprendió al verlo.

—Hola, Charles.

—Sí, Rachel, buenos días. —Se dejó caer en la silla. Sus piernas huesudas asomaban por debajo de sus pantalones cortos azules—. Acabo de salir de la oficina del abogado.

—Oh, bien. ¿Qué ha dicho? —Ella puso el bolígrafo que tenía en la mano sobre el escritorio y escuchó atentamente.

—La sugerencia del abogado es que envíe una carta certificada a John Brigham exigiendo que nunca celebre una partida de póker ni cualquier otro tipo de juego en su residencia. Dijo que la carta que redactó diría que, si tal actividad continuaba, la asociación de condominios buscaría compensación, lo que podría significar que fuera expulsado del edificio.

—Es justo. También nos quita el peso de encima a ti y a mí por hacer la demanda —planteó, recostándose en su silla—. Y cumple nuestro objetivo: sin juegos de azar. Por supuesto, siguen viviendo aquí, pero al menos se evita el lío de sacarlos.

—Siempre y cuando no organicen otra partida —señaló Charles, recostándose también en su silla—. Entonces, tendríamos otra situación a la que hacer frente.

—No creo que vuelva a celebrar una partida, Charles —opinó ella. Parecía satisfecha con la solución propuesta—. No quiero decir que haya aprendido la lección, pero podríamos haber sido mucho más duros con él; tal vez hacer intervenir a la Policía.

—Estoy de acuerdo contigo.

—Si quiere tener otros juegos en la ciudad donde vive, hay muchos lugares para elegir. Y hay otras ciudades y estados a los que puede ir sin afectar a su residencia. —Rachel sonrió al hombre mayor.

—Tienes razón. En muchos otros sitios, pero no aquí —acordó Charles, devolviendo la sonrisa.

—Lo has hecho bien, Charles.

—Hice lo correcto, eso es todo. Y me disculpo por mi pensamiento erróneo y mi comportamiento posterior —expresó, bajando la mirada y sacudiendo la cabeza—. Qué idiota fui al dar la espalda a las normas y a la ley. No sé qué me pasó. Lo siento de verdad, Rachel. —La miró directamente a la cara cuando dijo esas palabras.

—Está bien. Has limpiado tu desorden. Ahora, si John se mantiene limpio allá arriba, en el octavo piso, todo estará bien. —Rachel sintió alivio y satisfacción por las noticias y la actitud arrepentida de Charles. Las cosas estaban cambiando. Sí, efectivamente.

—Estoy muy orgullosa de ti —señaló Rachel, con el rostro radiante ante su marido.

—Sí, terminé en tiempo récord —respondió Joe.

La pareja se sentó en los cómodos sillones del balcón, hablando de los últimos acontecimientos del fin de semana. Por un lado, la finalización de la renovación de la posada en la que Joe había estado trabajando diligentemente.

—En realidad, está lista para alquilar —reflexionó Rachel.

—Sí. Solo tenemos que comercializarlo.

—¿Quién va a hacerlo? —preguntó ella. Ninguno de los dos tenía formación en marketing ni conocimientos suficientes de Internet como para ser competentes a la hora de mostrar la posada.

—Estaba pensando en Angie —comentó Joe.

Rachel se sentó erguida en su silla, mirando a su marido.

—¡Joe, eso es brillante! ¿No tiene un título en marketing? Podríamos darle una parte de cada alquiler por su trabajo.

—Exactamente lo que estaba pensando. Tal vez ella pueda, con el tiempo, dejar de trabajar en ese restaurante.

—Excepto que ella está saliendo con el dueño, ¿recuerdas? Tal vez ella no quiere irse.

—Mmm. Bueno, podemos preguntar.

No pasó mucho tiempo después de su conversación cuando Angie llegó a casa. Rachel estaba en la cocina preparando la cena, y Joe estaba poniendo la mesa.

—Hola, Angie —saludó él, levantando la vista de la mesa mientras colocaba los utensilios alrededor de los platos—. Tu madre y yo tenemos algo que preguntarte.

—Claro, ¿qué? —Entró en la cocina y le dio a su madre un beso en la mejilla mientras se ponía delante de la encimera.

Joe se acercó a la cocina, y se apoyó en la jamba de la puerta.

—El alojamiento está terminado y listo para ser comercializado.

—Es fantástico, papá.

—Y pensamos que tú serías la persona perfecta para hacer el marketing. Si estás interesada.

Los ojos de Angie se agrandaron.

—Vaya, qué sorpresa. Sí tengo un título en marketing.

—Eso es lo que pensaba —intervino Rachel.

—Y te pagaríamos por comercializar nuestra propiedad —propuso Joe—. No esperamos que sea gratis. Ganarías un porcentaje de los alquileres.

—Sí, me parece justo —aceptó mientras consideraba la oferta.

Rachel lanzó una idea, para ver si prendía o no.

—También pensamos que podrías, con el tiempo, dejar de trabajar en la cafetería. Es decir, si quieres.

—Bueno, todos sabemos que soy una camarera sobrecalificada. Trabajar allí es ridículo. Y Brian lo entendería —contestó ella, asintiendo.

—No tienes que darnos una respuesta ahora mismo —sugirió Joe—. Puedes pensarlo y hacérnoslo saber.

—No, no necesito pensarlo. Aceptaré el trabajo —respondió con firmeza—. Puedo utilizarlo para impulsarme en el mundo del marketing. Ganar experiencia en el campo y demás.

Rachel y Joe miraron a su hija con curiosidad.

—¿Quieres entrar en marketing? —preguntó Joe.

—No hasta que me ofreciste esta oportunidad. Me parece una buena idea; justo lo que necesito para empezar a orientar mi futuro. Gracias a los dos —Abrazó primero a su madre y luego a su padre—. No sabía hacia dónde iba hasta ahora. Siempre me ha gustado el marketing y he destacado en las clases. Así que, ¿por qué no hacer marketing?

—Oh, Angie, me alegro mucho por ti —exclamó Rachel.

—Yo también, calabacita —agregó un padre orgulloso—. Podrías considerar vivir en uno de los dormitorios de la posada, si quieres algo de independencia.

—Mmm, eso suena bien. Excepto que le quitaría el beneficio del alquiler de ese dormitorio —planteó Angie, caminando hacia la mesa del comedor con una cacerola en las manos—. Tal vez después de un tiempo de alquilarlas y, si consigo un buen trabajo en marketing, podría mudarme a un dormitorio.

—Lo que creas conveniente, cariño —indicó Rachel.

—Sí, lo que quieras hacer está bien para nosotros. Solo te pido una cosa: llévate a Precious contigo. —Se rieron de ese comentario mientras Precious y Benny estaban cara a cara en el salón, teniendo una discusión. Una discusión fuerte.

Todos se sentaron a la mesa.

—¿Puedo bendecir la mesa esta noche? —preguntó Angie.

—Claro —aceptó Joe.

—Gracias, Padre, por este maravilloso día y por mis increíbles padres que acaban de bendecirme con una oportunidad para mi futuro. Te pedimos que bendigas esta comida para nutrir nuestros cuerpos. —Todos dijeron: "Amén".

Desde la posición de Rachel detrás de los grandes ventanales de su oficina, vio a John y a Josh entrar en el cubículo del ascensor. Llevaban en la mano un sobre singular, del que ella supuso que era la carta certificada del abogado. Sabía que el correo ya había llegado, así que habrían tenido que ir a la oficina de correos a reclamarla después de recibir la tarjeta de notificación en el buzón. John abrió la carta mientras esperaban el ascensor, mientras Josh miraba con interés. Compartieron unas palabras mientras John leía el contenido. Josh miró hacia el despacho, como si sospechara que ella tenía algo que ver con la carta de un abogado. No pudo ver que ella lo miraba por la forma en que tenía la cabeza colocada hacia abajo con los ojos mirando por las esquinas. Ninguno de los dos parecía enfadado cuando se abrió la puerta del ascensor y entraron.

Ya lo sabían. También sabían que ella lo sabía, y que, potencialmente, Charles estaba involucrado. Pero el abogado había escrito la carta, no ellos. Con suerte, aceptaron la noticia del abogado y lo vieron como algo ajeno a la decisión de la dirección. Con suerte.

TREINTA Y DOS

ERAN los únicos que quedaban en la cafetería mientras terminaban de limpiar la grasa de la parrilla, la plancha y la cocina.

—Brian —llamó ella suavemente—, tengo algunas noticias.

—¿Qué? —preguntó mientras raspaba la plancha.

—Te conté que mis padres habían comprado una casa y que mi padre la iba a remodelar para ser un alojamiento.

—Sí, lo hiciste.

—Bueno, papá terminó la renovación y está lista para comercializarla en alquiler. —Dejó de limpiar la cocina y se volvió hacia él—. Quieren que la comercialice al público. Yo obtendría un porcentaje del precio del alquiler. Y, si quiero, puedo mudarme a la casa y vivir en uno de los dormitorios.

—Eso suena increíble, Angie. —Él dejó lo que estaba haciendo y la miró—. Vas a hacerlo, ¿verdad?

—Sí. No creo que me mude todavía, no hasta que adquiera algo de experiencia y luego busque un trabajo de verdad en marketing. —Esperó a escuchar su respuesta.

—Angie, parece que por fin has descubierto lo que quieres

hacer con tu vida —comentó con la sinceridad que desprendían sus ojos.

—Sí, así es, ¿no? —Se rio suavemente—. Creo que sí. Me gustó mucho el marketing en la Universidad. Y con la experiencia que consiga en la posada, puedo llegar a una entrevista de trabajo con credenciales y capacidad.

Brian se acercó a donde ella estaba apoyada en la cocina. Le tendió la mano para abrazarla.

—Estoy orgulloso de ti —señaló, y le plantó un beso en la mejilla—. Pero ¿te vas a quedar aquí un tiempo todavía?

—Oh, claro. Necesito adquirir la experiencia de comercializar el alojamiento y conseguir que lleguen los alquileres antes de solicitar un trabajo en una empresa.

—¿Cómo piensas trabajar aquí y hacer todo eso?

—¿Me levantaré antes? —Ella rio mientras lo miraba a la cara.

—¿Qué tal si trabajas un día menos aquí? Al principio. Si necesitas más tiempo, entonces, me encargaré de la cobertura a través de Bonnie y Dee, y contrataré a otra chica a tiempo parcial. —Miró su bonita cara radiante de felicidad.

—Eso suena maravilloso, Brian. Gracias —expresó ella, poniéndose de puntillas para besar su mejilla.

—Con el tiempo, cuando consigas ese trabajo en una empresa, contrataré a alguien para que ocupe tu puesto, pero no tu lugar —señaló—. Nadie puede sustituirte. —Esa vez la besó en los labios.

Hacía poco que ella sabía lo que significa que saltaran chispas. Tuvo que esperar hasta los veinticinco años para sentir la electricidad de la que solo había oído o leído. Se dio cuenta de que era diferente a las otras chicas con las que trabajaba. Ellas tenían más experiencia en la vida y en el romance, pero ella había elegido un camino diferente hacía mucho tiempo. ¿Quizás por eso se había quedado en la Universidad y luego había vivido en ashrams? No era que la Universidad no estuviera llena de tentaciones. Todo lo imaginable había desfilado para tentar sus valores, pero ella se había aferrado a lo que creía. Como resultado, no había sido popular en la Universidad, pero eso estaba bien para ella. Había ido allí para obtener una educación, no para salir de fiesta ni para encontrar un marido.

Su objetivo había sido hacer carrera, así que había seguido obteniendo títulos. Entonces, se le había planteado el dilema de qué hacer con todos ellos. Se había especializado en negocios. Había una licenciatura en marketing, otra en finanzas. Al mirar atrás, Angie se sintió afortunada de haber elegido el camino de los negocios. Podía abrir un negocio, gestionar un negocio para alguien o dedicarse al marketing. En retrospectiva, todas sus elecciones habían sido buenas. Confiaba en que su futuro sería igual de bueno.

Su elección de amor con Brian era ciertamente prometedora, aunque no sabía si tenían una conexión permanente. El tiempo lo diría. Era demasiado pronto en su relación para determinar dónde acabarían sus caminos: unidos o separados. Dios lo sabía. Ella confiaba en Dios en ese aspecto.

—Ahora te toca a ti encontrar tu camino —sugirió ella, apartándose del abrazo.

—Sí, sea cual sea.

—Lo sabrás cuando se te presente. Al igual que yo, de la nada, mi camino se puso en mi regazo. Las preguntas fueron respondidas. No puedes forzar su voluntad. —Angie recogió su trapo y volvió a limpiar la cocina.

—Mírate, haciéndote la lista conmigo —bromeó Brian, volviendo a la plancha—. Estoy orgulloso de ti, Angie.

—Gracias. Eso significa mucho.

John y Josh entraron en el despacho de Rachel, sin sonreír ni parecer amables. Rachel se puso inmediatamente en guardia.

—Rachel —dijo John, asintiendo con la cabeza. Josh no dijo nada.

—John.

—Hemos venido a informarle que no habrá juegos de azar en nuestra unidad, y no es que los hubiera en primer lugar. Todo eso fue una gran mentira que alguien inventó para hacernos daño —explicó, todavía de pie, con Josh un paso detrás de él.

Rachel no le creyó. Ella creía que LuAnn había visto lo que le había contado, y que Charles había estado presente en el juego y había tratado de hacer una jugada rápida al permitir que los Brigham compraran la unidad. Todo eso lo creía, pero no iba a discutir con el hombre. Dejó que sugiriera su punto de vista alternativo; no era importante la falsedad que intentaba transmitir.

—Se agradecería que no volviera a ofrecer juegos de azar en su unidad.

—No es que lo hayamos hecho nunca.

—Lo que sea.

—Ahora, por esa concesión, le pido algo. —Hasta ahora, su comportamiento era tranquilo. Pero Rachel no podía imaginar lo que quería.

—¿Como qué? —preguntó ella.

—Que su hija le diga a la Policía que entendió mal. Se equivocó. Josh no tuvo nada que ver con la paliza a ese hombre. Creo que es un trato justo.

—Yo no. Porque eso sería una mentira. ¿Le enseñó a Josh a mentir? —preguntó ella, buscando una reacción en su expresión. No hubo ninguna—. Porque no le enseñé a mi hija a mentir y ciertamente no voy a hacerle esa sugerencia ahora.

Los ojos de John se entrecerraron en respuesta y su rostro se nubló de ira.

—Usted no sabe lo que está diciendo, señora. —Josh agarró el brazo de su padre, murmurando algo en su oído. John se soltó con fuerza. Señaló a Rachel con el mismo brazo—. Será mejor que tenga cuidado, señora Barnes. A la gente buena le pasan cosas malas. —Se dio vuelta bruscamente y se dirigió a la puerta.

Josh miró a Rachel mientras seguía a su padre fuera del despacho. Tuvo la sensación de que Josh no apoyaba las declaraciones de su padre.

Se reclinó en la silla, temblando. *Otra amenaza de ese horrible hombre. ¿Qué será lo siguiente?*

Más tarde, esa noche, durante la cena, Joe estaba disgustado por las noticias que su mujer le había transmitido sobre el encuentro con los Brigham. Empujó su plato con frustración.

—No puedo creer que ese hombre haya tenido el descaro de volver a amenazarte, y también a Angie. ¿Qué le pasa a esa gente? ¿Quién va por ahí amenazando de esa manera?

—Gente sin Dios. Estoy muy preocupada por Angie —señaló Rachel, y se limpió los labios con una servilleta.

—Preocúpate también por ti.

—No sé qué hacer, Joe. Contactar con la Policía es inútil en este momento.

—Vamos a contactar con ellos de todos modos. Si ocurre algo, no habrá duda de quién está detrás de la acción. Llamemos ahora mismo —propuso. Se apartó de la mesa y caminó hacia el teléfono. Joe marcó el número que había escrito en el anotador la última vez que había hablado con ellos.

Rachel se unió a él en el sofá, mientras él esperaba a que lo conectaran con la oficina correspondiente. Una vez que Joe pudo comunicarse con alguien, habló brevemente con ellos y luego le entregó el teléfono a Rachel. Esta le explicó el intercambio entre ella y John Brigham, haciendo hincapié en que se trataba de una acción recurrente hacia ella y su familia. Le dijeron que esa información se añadiría a la anterior y le aseguraron que la nueva amenaza no pasaría desapercibida.

—No te preocupes, te protegeré —le aseguró Joe después de colgar el teléfono.

—No puedes hacer guardia en mi oficina todos los días, Joe. —Ella se quedó sentada en el sofá, con los ojos muy abiertos y vulnerables.

—No, en eso tienes razón. —Le pasó el brazo por los hombros; era lo menos que podía hacer.

—Y Angie no puede quedarse enclaustrada en nuestra unidad. Ella trabaja. —Rachel apoyó la cabeza en el pecho de Joe.

—Brian se ocupará de ella en el trabajo. No me preocupa que esté allí —comentó rodeando a su mujer con ambos brazos.

—A mí tampoco. Solo entre aquí y allá. —Levantó la vista hacia su marido, y la pareja se miró fijamente a los ojos, leyendo su mutua preocupación por su única hija.

TREINTA Y TRES

CUANDO LLEGÓ el domingo por la mañana, toda la familia se reunió en la puerta para asistir a la iglesia. Cada uno tenía una necesidad particular que satisfacer dentro de ese santuario. Nunca se habían encontrado con una amenaza tan grande de una fuente externa que deseaba hacer daño a alguno de ellos. Estaba más allá de la comprensión de cómo esa amenaza podía atacar verbalmente a las mujeres de la familia y sugerir que podían ser dañadas físicamente. Y así, rezaron.

En cuanto volvieron de la iglesia, sintiéndose en paz y protegida, Angie empezó a prepararse para su cita en la playa con Brian. Él llevaría la comida, así que lo único que tenía que hacer era ponerse un traje de baño, tomar el sombrero y la crema solar para meterlos en la bolsa, y estaría lista para salir. Cuando sonó el timbre, Angie se apresuró a abrir la puerta.

—Hola —expresó, después de mirar por la mirilla y abrir la puerta. Una sonrisa saludó a Brian.

—Hola —Él se inclinó para darle un rápido beso—. Pareces preparada.

—Lo estoy. —Llevaba su bikini favorito de lunares blancos y negros y un tapado blanco.

—¿Dónde están tus padres?

—Están en la piscina.

Brian había conocido a sus padres hacía varias semanas, cuando había ido a cenar precisamente con ese propósito. Todo había ido bien, no como en la película *Meet the Parents*. Cada uno de ellos había expresado más tarde lo maravilloso que era Brian y cómo aprobaban de corazón su relación. La joven pareja contaba con su bendición.

—Bueno, vamos entonces.

Brian recogió su bolso, Angie tomó su sombrero, y salieron por la puerta. Decidieron bajar a una zona más tranquila al sur del condominio para disfrutar de una vista diferente, y eligieron un lugar cerca de la caseta del socorrista. Un número importante de personas estaba disfrutando del clima cálido con ellos.

—¿A la pandilla no le importó que te tomaras un domingo libre? —preguntó Angie. Los fines de semana eran el momento de mayor afluencia de gente a su hamburguesería. Brian no podía permitirse cerrar los domingos.

—No. El chico al que he estado entrenando en la parrilla y la plancha, Dan Winebrenner, estaba entusiasmado por trabajar en mi lugar. Está ahorrando para la Universidad, así que quiere más horas ahora que tiene el control de las cosas. Y eso significa que puedo pasar tiempo contigo —contestó, enderezando la manta sobre la arena—. Un hombre tiene que tener un día libre. Siete días a la semana es demasiado trabajo.

Angie se sentó en la suave manta, y levantó la cara hacia el sol durante unos instantes antes de ponerse el sombrero y de aplicarse la crema solar en el cuerpo; un aroma a coco flotaba en el aire. Solía esforzarse por conseguir un buen bronceado, pero con veintitantos años, veía la conveniencia de evitarlo. Cuidaba rigurosamente su piel, llevando siempre protector solar, especialmente en la cara. Satisfecha de haber hecho lo posible por evitar las quemaduras, se tumbó de espaldas.

Brian bajó su musculoso cuerpo a la manta junto a Angie.

—Hoy está precioso —opinó, mirando el mar que llegaba a la orilla.

—Sí, lo está. Estamos en el Cielo —contestó ella, apoyándose en sus brazos para mirar las olas que se acercaban suavemente hacia ellos—. Nunca me gustó la humedad de Florida durante ciertas épocas del año, pero hoy es un día de baja humedad, y es glorioso.

—Un gran día para relajarse en la playa.

—Por supuesto.

Se tumbaron al sol durante algún tiempo, y Brian acabó durmiendo. El pobre está agotado. *Necesita más tiempo libre.* Ahora que Dan estaba disponible para cocinar, Angie pensó que Brian se tomaría más tiempo para disfrutar de la vida. Con ella. La perspectiva era emocionante.

El olor del aire salado era refrescante para Angie, una de las muchas ventajas de ir a la playa. Se sentía tan satisfecha como nunca antes en su vida. Ni siquiera la meditación la había hecho sentir tan relajada ni contenta. En realidad, no había pensado en ello hasta ese momento, pero hacía tiempo que no meditaba. Cuando necesitaba consuelo y respuestas, había recurrido a la Biblia, no a la meditación habitual del pasado. Se sentía como una hija pródiga, volviendo a casa, literalmente, y abrazando sus raíces. Era increíble cómo la vida podía dar un giro.

El inconfundible estruendo de un motor de motocicleta sacudió sus pensamientos. Un hombre formidable y sin camiseta conducía su Hog sobre la arena compactada frente a ella, y luego giró cerca para aparcar detrás de ella. Levantó medio cuerpo para observarlo. Llevaba un pañuelo negro alrededor de la frente y unos vaqueros negros rasgados sobre las piernas. El motero se agachó para quitarse las botas mientras miraba a Angie, que lo observaba. Levantó una mano en señal de saludo. Por un segundo, Angie se preguntó si se habían conocido. Al trabajar donde lo hacía, se cruzaba con mucha gente solo una vez, por lo que olvidaba fácilmente sus caras. Instintivamente, levantó la mano en respuesta. El hombre metió sus botas en un bolso de mano unido a su moto y comenzó a caminar hacia Angie. Su corazón dio un salto en respuesta. Se alegró de que Brian estuviera a su lado, aunque todavía dormido.

—Hola —saludó al motero. Era tan grande y musculoso que a Angie se le hizo un nudo en la garganta al verlo. No quería tener problemas con él, así que acercó su mano a Brian y golpeó el dorso de la misma contra su piel desnuda un par de veces para despertarlo.

—¿Eh? —Brian levantó la cabeza.

—Hola —saludó el motero, mirando hacia abajo desde su posición exaltada.

—Hola. Oye, Brian, tenemos una visita —anunció, sonriendo un poco y sentándose completamente en la manta.

Cuando Brian vio al visitante, se irguió.

—Hola.

—¿Te conozco? —preguntó Angie al darse cuenta de que le resultaba algo familiar.

—Angie, ¿verdad? —preguntó.

—Sí.

—Trabajas en Brian's Burgers. —No era una pregunta, más bien, una afirmación.

—Sí, y este es el mismísimo Brian —presentó, indicando con la mano al hombre que estaba a su lado.

—Encantado de conocerte, hombre —contestó el motero, extendiendo la mano—. Buenas hamburguesas. Venimos cuando estamos en la ciudad.

—Bueno, impresionante —respondió Brian, extendiendo su mano al hombre—. Me alegro de que te gusten.

—No te he visto desde aquella noche —comentó el motero, colocando ambas manos en las caderas y mirando directamente a Angie.

—¿Qué noche fue esa? —preguntó Angie.

—Cuando ese tipo te acosaba. El tipo mayor. —Sacó un paquete de cigarrillos del bolsillo trasero mientras hablaba.

—¡Oh, por supuesto! —De repente, Angie supo exactamente quién era ese hombre. Él y otro motero la habían rescatado cuando James pasaba por la playa, queriendo que se subiera a su coche para poder llevarla a casa—. Les agradecí mucho que me rescataran.

Brian parecía confundido.

—¿Qué?

—Te conté que dos motoristas vinieron a rescatarme cuando James quería que me subiera a su coche, ya sabes, cuando volvía a casa esa noche, después del trabajo —explicó Angie, mirando a Brian—. ¿Te acuerdas? Este es uno de los chicos.

—Oh, sí. Oye, gracias, hombre, por hacer eso —afirmó, cerrando el puño y golpeando su corazón con él—. Te lo debo.

—Está bien, hombre. Es una buena mujer. No podía dejar que ese tipo la molestara. —El motero se movía de una pierna a otra mientras hablaba, encendía su cigarrillo y le daba una calada.

—Así que llegas temprano a la Semana de la Moto —señaló Brian.

—Un poco. Nos fuimos antes de lo que habíamos planeado la última vez, así que vinimos temprano esta vez —explicó, actuando como si tuviera algo más que decir, pero sin estar seguro de cómo decirlo—. Teníamos que salir rápido de la ciudad —agregó con un guiño.

—Entiendo. —Angie no tenía forma de saber de qué estaba hablando; solo supuso que había tenido un encontronazo con alguien o que un trato había fracasado. Lo que sea, ella sabía que era ilegal. ¿Por qué si no iban a sentir la necesidad de salir de la ciudad a toda prisa?

—Sí, se lo buscó al molestarte así. Conozco al tipo. Era peligroso —planteó el motero, moviendo la cabeza de un lado a otro y dando otra calada a su cigarrillo—. Si te hubieras subido a ese coche, bueno... ¿quién sabe lo que te habría hecho?

Una repentina punzada le atravesó el corazón a ella.

—Sí, no me sentí bien en esa situación. —Angie ahogó su respuesta mientras su corazón se aceleraba—. ¿Cómo te llamas?

—Me llaman *Halcón*. —Señaló el brazo en el que lucía un gran tatuaje de un halcón—. Griffon. Pero me conocen como Halcón porque me gusta ser libre; navegar por el aire en mi Hog.

—Ya veo —asintió ella, sonriendo al hombre—. Bueno, Halcón, gracias por rescatarme.

—No hay problema, señorita. Me ha gustado ajustarle las cuentas —respondió, saludándola mientras se daba la vuelta para marcharse.

—Gracias de nuevo —acotó Brian.

—¡Brian! —siseó su nombre mientras se volvía hacia él, con la voz baja. El motero estaba caminando por la playa, probablemente fuera del alcance del oído—. ¿Has captado lo que estaba diciendo?

—Seguro que sí.

—Él golpeó a James, no Josh. ¡Fue él! —Los ojos azules de Angie estaban muy abiertos y brillaban de adrenalina.

Brian estudió su bonito rostro, enrojecido por el calor y la excitación.

—Eso es lo que he deducido. Tienes que llamar a la Policía.

—Sí, lo sé. —Angie tomó su teléfono de la mochila y marcó el número de Emergencias. Cuando alguien contestó, explicó que sabía quién había matado inadvertidamente a James Mason, uno de sus casos de asesinato abiertos. La pasaron rápidamente con un detective—. Dijo que su nombre era Hawk Griffon. Hawk no es su nombre real, por supuesto, solo su alias. Supongo que así lo llaman, ¿verdad? Tiene un tatuaje de halcón en el brazo izquierdo, y ahora mismo está sin camiseta, caminando por la playa, al sur del puesto de salvamento de

Silver Beach. —Angie contó rápidamente lo que recordaba—. Conduce una Hog negra, pero no vive en nuestra zona. Así que ahora mismo está en la playa, descalzo, con un pañuelo negro, unos vaqueros negros rotos y sin camiseta. —Angie escuchó a la persona que hablaba al otro lado de la llamada—. Sí, ha aparcado su moto en la rampa de Silver Beach y se ha ido hace unos minutos, caminando hacia el sur. —Hizo una pausa cuando la otra persona habló—. No sé dónde se aloja, pero se refirió a "nosotros", así que probablemente se aloje con otros moteros. —De nuevo, hizo una pausa en su conversación—. Sí, dijo que el tipo se lo merecía y que no podía dejar que me molestara. Admitió que "disfrutaba ajustando cuentas" por mí. Esas fueron sus palabras: ajustar cuentas. Pero no creo que tuviera intención de matarlo, solo de darle una paliza.

Miró a Brian y levantó las cejas, preguntando en silencio si había algo más que contar. Él negó con la cabeza. Ella cortó después de dar una descripción más detallada de la moto, incluido el número de matrícula.

—Deberíamos irnos antes de que vuelva —sugirió Brian. Se levantó y comenzó a recoger objetos.

—No era Josh después de todo. —Angie lo miró.

—Aparentemente no —admitió Brian.

—Espera a que se lo cuente a mamá y a papá.

TREINTA Y CUATRO

DESPUÉS DE QUE LuAnn llamara a Rachel y Olivia para que se reunieran en la casa club, se vistió con unos vaqueros holgados y una camisa sencilla. Se recogió el pelo en una coleta y no se molestó en maquillarse ni en ponerse pendientes. Su enfado iba en aumento mientras salía de la unidad; sus pisadas hacían tanto ruido que el vecino de abajo seguramente objetaría.

En cuanto llegó a la casa club, pidió una cerveza. Rachel y Olivia aparecieron casi inmediatamente después.

—Hola, ¿qué pasa? —preguntó Rachel mientras se sentaba.

—Sí, ¿qué es tan importante para convocar una reunión? —Olivia retiró su silla.

—Siéntate. Es una larga historia —contestó LuAnn. Su expresión era de consternación y molestia. Cuando el camarero llegó con la cerveza de LuAnn, las dos mujeres pidieron té helado. —He echado de menos a Derks —Bebió un sorbo de la jarra—. Me ha estado llamando, muy dulce y todo, casi todas las noches después de terminar el concierto. A menos que tuviesen que salir a la carretera justo después. —Rachel y Olivia asintieron al unísono—. Así que supe que se dirigían a Denver por dos noches. Se me ocurrió una idea: hacerle una visita a mi querido hombre —Dejó la jarra sobre la mesa—. Sorprende a tu amor; haz que se acuerde de ti para que sepa la dama tan especial que ha dejado en casa.

—Y entonces, ¿volaste a Denver? —preguntó Rachel.

—Sí. Llegué a tiempo para ir detrás del escenario antes de que terminara el último tema. Los vi actuar y, tengo que admitirlo, eran realmente buenos. —Hizo una pausa cuando el camarero volvió con los tés helados, y luego continuó—: Empecé a sentirme mal por oponerme a que la banda viajara. ¿Quién soy yo para interferir en sus carreras? Rachel, Olivia, ¡eran tan buenos! —exclamó, mirando a una y a otra—. Me di cuenta de que había estado actuando como una mocosa egoísta y malcriada por interponerme en el camino de Derks. Necesita esta experiencia, este éxito en su vida.

—Es una grandeza de tu parte admitirlo, LuAnn —opinó Olivia, asintiendo con la cabeza—. Bien por ti.

—Gracias. Iba a esperarlo entre bastidores, pero tuve que ir al tocador de damas. Había estado de viaje y todo, y no había tenido tiempo —explicó, envolviendo la jarra con los dedos—. Así que, estoy en el cubículo peleando para que me suba la cremallera de los vaqueros, y dos chicas están hablando junto al espejo, justo al otro lado de mi puerta. Y eran *chicas*. Las vi antes de entrar, pintándose los labios y todo eso. Acomodando su cabello rubio oxigenado. Entonces, escucho que una le dice a la otra: "Ve con Dan esta noche. Me toca Derks, como anoche". ¡Derks! ¡Mi Derks!

—Oh oh —expresó Olivia.

Rachel no dijo nada; sus ojos lo decían todo.

—Sí, ¿verdad? —preguntó LuAnn, mirando a Olivia en busca de apoyo—. Estoy en el cubículo, echando humo. Iba a decirle algo a la descarada, pero se fueron antes de que pudiera hacer que mi cremallera cooperara. Después de acicalarme un poco, salí del tocador directamente al camerino de los talentos. Estaba lista para la batalla.

—Oh, LuAnn, lo siento mucho —expresó Rachel—. Pero lo que has oído podría haber sido todo idea de ella, no de Derks. Podría haber sido inocente.

—¿Inocente? ¿Es inocente un niño cuando lo atrapan con la mano en el tarro de las galletas? —LuAnn miró fijamente a Rachel—. ¿Inocente? Ni mucho menos, ya verás. Cuando entré allí, todo el mundo estaba de fiesta, preparándose para ir a algún sitio a celebrar su éxito. También había chicas por todas partes. No es que sea inusual que las grupis pasen el rato, pero no sé si a las esposas de algunos de esos miembros de la banda les habría gustado lo que vi hacer a sus maridos. No me gustó lo que vi hacer a Derks, eso es seguro. —Ni Rachel ni Olivia comentaron nada. Dejaron que LuAnn despotricara en silencio mientras tomaban su té helado—. Derks tenía el brazo alrededor de la que oí hablar en el tocador, y le daba un beso de vez en cuando. Él sonreía. Ella sonreía. Todos sonreían, menos yo. Entonces Dan, uno de los compañeros de la banda, se dio cuenta de que estaba en la puerta —LuAnn golpeó frenéticamente la jarra con las uñas—. Miró a Derks y asintió en mi dirección. Cuando Derks se volvió para mirar hacia mí, se le cayó la mandíbula a las rodillas.

Olivia bajó la cabeza.

—Oh, Dios. —Rachel siguió mirando a LuAnn hablar.

—Derks sacó inmediatamente su brazo de alrededor de la chica y se acercó a mí. Era todo "cariño, esto" y "cariño, aquello". Tan dulce, como siempre. Pero yo no lo aceptaba. No, señor. —Dio varios tragos a su bebida antes de dejar la jarra. Sus ojos azules echaban chispas. Nunca nadie la había visto así, tan enfadada y dolida.

—¿Qué hiciste? —preguntó Rachel.

—Me aparté de él con un movimiento de mi brazo, así que me soltó. Y volví a casa. —LuAnn se calmó con el ceño fruncido.

—¿No le dijiste nada? —inquirió Olivia.

—Bueno, por supuesto que lo hice. En voz alta. Después de

soltarme. Los otros nos dejaron discutir. Estaba tan herido... simplemente aplastado. Me puse a llorar a moco tendido. Quiero decir, a moco tendido, cariño. El rímel me corría por la cara. Los mocos horribles. No fue bonito.

—¿Qué dijo? —preguntó Rachel, jugando con su vaso.

—Me dio todas las excusas que ya había oído antes cuando se atrapa a un chico portándose mal. No era ni siquiera un poco original. "Ella se me echó encima, fue agresiva, todo fue obra suya". A lo que yo respondí: "Entonces, ¿qué hacía tu brazo alrededor de ella? ¿Por qué la besabas?".

—¿Y qué dijo él? —indagó Olivia, pendiente de cada palabra.

—Me miró, probablemente pensando que no había visto esa parte. Entonces, le recordé que ella había estado con él la primera noche del concierto. Le dije que la había oído hablar en el tocador de damas. No supo qué decir. Y no negó haber estado con ella la noche anterior. ¿Cómo iba a hacerlo? Oí lo que dijo. —LuAnn dejó de hablar. Dio un sorbo a su bebida y se quedó mirando al espacio, desplomada en la silla. Olivia y Rachel trataron de hablar con ella, de calmarla, pero permaneció en silencio, con la mirada fija. Finalmente, continuó—: Me rompió el corazón. Lo aplastó como una lata de cerveza. Tenía tantas esperanzas puestas en nosotros... Éramos perfectos juntos. Y luego se fue de gira. ¿No te dije que esto pasaría? —LuAnn miró directamente a Rachel, señalando con el dedo.

—Sí, lo hiciste.

—Y sucedió. Lo supe incluso antes de que empezara a hacer la maleta —aseguró, lanzando la mano al aire—. Bingo, se fue, así de fácil.

Las lágrimas comenzaron a rodar una tras otra por sus mejillas mientras miraba al frente. Rachel se levantó para poder rodear a su amiga con los brazos. Olivia hizo lo mismo. Ambas mujeres consolaron a LuAnn hasta que dejó de llorar. Olivia sacó un pañuelo de su bolsillo y se lo dio. Ella se secó los ojos.

Rachel volvió a sentarse en su silla. Olivia se quedó al lado de LuAnn.

—¿Qué vas a hacer? —preguntó Rachel.

LuAnn la miró, con clara tristeza en sus ojos.

—Continuar con el trabajo que acabo de conseguir. Vivir aquí. Tener amigos como ustedes dos. No volver a hablar con Derks. Eso se acabó, seguro.

Olivia asintió.

—Estoy tan contenta de estar soltera...

TREINTA Y CINCO

UNOS DÍAS MÁS TARDE, Rachel estaba descansando en la piscina con Ruby y su amigo. Tenía muy buen aspecto en traje de baño para un hombre de ochenta y nueve años. Su cuerpo parecía firme y aún le crecía una mata de pelo totalmente blanco en la cabeza. Ruby estaba sentada con su sombrero de sol, mirando a Bob nadar en la piscina. Rachel pensó que parecía haber engordado unos cuantos kilos desde que apareció su ex marido. Y ella necesitaba cada uno de ellos.

—Me gusta tu traje —comentó Ruby.

—Gracias. Lo compré en Dillard's. Además, estaba en oferta. —Rachel estaba estirada en su tumbona, luciendo un traje negro con anchas rayas blancas que se arremolinaban alrededor de sus curvas como un resorte Slinky.

—¿Dónde está tu marido?

—Aprendiendo a usar Internet. Angie le está mostrando cómo va a comercializar el alojamiento.

—Muy bonito. Me alegro de que haya encontrado su sitio.

—Yo también. —Rachel se dio la vuelta para mirar a la mujer —. ¿Y cómo van las cosas entre tú y Bob?

Ruby giró la cara hacia un lado para poder mirar a Rachel.

—No vas a creer esto, pero estamos hablando de matrimonio. A nuestra edad.

—Oye, Penélope y Alfred se casaron. Qué pareja más rara. Pero parecen felices —comentó ella, señalando al otro lado de la piscina.

Ruby giró la cabeza para ver a Penélope y Alfred salir del edificio y caminar hacia el jardín. Iban de la mano y ambos estaban radiantes.

—¡Vaya!

—Pasean por el jardín todos los días. Es romántico, ¿no crees?

—Sí, supongo que sí. Bien por ellos —expresó Ruby, y volvió la cabeza hacia Rachel—. Tal vez lo hagamos... Mmm, algún día...

Rachel rodó sobre su espalda, sonriendo.

—¿Qué te frena?

—No lo sé. ¿Nuestra edad? Ciertamente, no hay dinero. Los dos tenemos la vida resuelta. —Ruby agitó la mano en el aire—. No lo sé. ¿Demasiados matrimonios?

—¿Qué es uno más, Ruby? Es como los gatos: una vez que adoptas uno, ¿qué es otro? ¿Cuántos matrimonios serían?

—No es de tu incumbencia. Digamos que podría competir con Elizabeth Taylor.

Rachel se rio a carcajadas.

—Entonces, ¿cómo fue la clase? —preguntó Rachel entre bocados del pastel de carne que había preparado—. ¿Aprendió tu padre algo nuevo?

Angie se rio, mirando a su padre.

—Más o menos.

—Aprendí a dejar que ella se encargue de lo que mejor sabe hacer —contestó Joe, señalando con su tenedor a Angie—. Todo es demasiado complicado para mi cerebro.

—La verdad es que podría aprender sobre sitios web, Facebook y otras cosas, solo que no quiere —señaló Angie con una sonrisa y un brillo en los ojos—. Pero no pasa nada. Ese es mi trabajo.

—¿Hasta dónde llegaron con el armado? —preguntó Rachel.

—Bueno, me complace decir que ahora tenemos una página web y una cuenta de Facebook para los alquileres —respondió Angie, sirviéndose más judías verdes—. Estamos oficialmente listos para el negocio.

—¿De verdad? ¿Ya? —Rachel puso el tenedor en su plato.

—Sí. Por supuesto, tengo que publicar cosas, comercializar con agentes inmobiliarios, empresas de viajes, etcétera. Lleva tiempo ser reconocido, así que no pienses que tendremos alquileres para el fin de semana. —Angie advirtió las grandes esperanzas de su madre, sabiendo que no entendía del todo el proceso.

—Estoy feliz de que hagas todo esto por nosotros —expresó Rachel—. Y estoy orgullosa de mi pequeña e inteligente niña.

Angie miró a su madre. Que la llamaran *niña* era casi risible. Rachel era de baja estatura, mientras que Angie estaba al menos veinte centímetros por encima de su madre. Hacía muchos años que no era pequeña. Sin embargo, "Gracias, mamá", fue su respuesta.

—¿A qué hora vienen los Brigham? —preguntó Joe.

—A las ocho. —Había sido sugerencia de Rachel que le debían a John y a Josh una disculpa. Habían acusado a Josh de lo obvio, excepto que se había demostrado que era inocente. Josh no había, a pesar de todos los indicios, golpeado a James. Si bien ambos hombres habían amenazado a Rachel y a Angie con daños corporales, Josh no había tomado medidas contra James, a pesar de que todas las pruebas parecían apuntar en esa dirección. No es de extrañar que John se empeñara en que Angie se retractara de su declaración. Su hijo era realmente inocente.

—¿Tengo que estar aquí? —preguntó Angie.

—Por supuesto. Tú eres la que, originalmente, llegó a la conclusión de que Josh había buscado venganza en el hombre. Tienes que estar aquí. —Rachel miró a su hija con severidad.

—Está bien, si tú lo dices —aceptó Angie—. Pero será incómodo.

—Será incómodo para todos nosotros —acotó Joe—. Así que tenemos que admitir nuestra culpa y disculparnos. Asumir nuestros errores, por así decirlo. Eso es lo que hacemos cuando nos equivocamos.

—Tu padre tiene razón. —Rachel dejó la servilleta y se puso de pie.

—De acuerdo.

Todo el mundo estaba preparado con antelación para la llegada de sus invitados. Rachel preparó café y dispuso galletas de pastelería como regalo. Cuando oyeron el timbre de la puerta, cada uno respiró profundamente.

—Hola, pasen —invitó Rachel, saludando a los invitados con una sonrisa para disimular sus nervios.

John entró con rostro severo, mientras que Josh intentó sonreír.

—Pasen al salón —pidió Joe, abriendo paso a los dos hombres.

Todos tomaron asiento mientras Rachel sacaba una bandeja con la jarra de café, tazas, edulcorantes, crema y galletas. Angie ya estaba sentada en un sillón individual para evitar sentarse cerca de alguno de los Brigham. John y Rachel se sentaron uno al lado del otro en el sofá, mientras que Josh y Joe se sentaron en el sofá de dos plazas.

—¿Café, John? —preguntó Rachel, sosteniendo una taza en la mano mientras alcanzaba el decantador.

—Sí, gracias —respondió. Aceptó la taza que ella le dio y rechazó el azúcar y la crema.

—¿Josh? —Rachel miró al joven.

—Sí, gracias. —Josh se levantó para recibir la taza de Rachel —. Solo negro, gracias.

Joe negó con la cabeza el café, pero llevó el plato de galletas a todos.

—¿Angie? —le dijo a su hija.

—No para mí, mamá. —Angie miró a su padre, de pie frente a ella, y seleccionó una galleta del plato.

—Supongo que la Policía le ha notificado que ya no es sospechoso en relación con el asesinato de James Mason — comentó Rachel, sentándose de nuevo en la comodidad del sofá.

—Sí, me llamaron —contestó Josh—. No me dieron muchas explicaciones y, francamente, no me importó. Solo quería salir del atolladero.

—Le dijimos a la Policía que no eras tú —señaló Rachel, cruzando las manos en su regazo y mirando a Josh—. No fue por tus amenazas de daño corporal a Angie y a mí.

—Entonces, ¿por qué? —preguntó John, lanzando una mirada de sospecha a Rachel.

Angie se unió a la conversación:

—Estaba en la playa hace unos días cuando me reconoció un motero. Lo había atendido en la cafetería hace unos meses, durante la Semana de la Moto. Empezó a hablar conmigo y con mi amigo y mencionó a James, aunque no por su nombre.

—No entiendo —interrumpió Josh.

—Deja que se explique —pidió Joe.

—Durante la conversación, habló de cuando James intentó recogerme y llevarme a casa esa noche después del trabajo. Él y otro motero vieron lo que ocurría y fueron a rescatarme y me acompañaron a casa sana y salva. —Angie estaba visiblemente nerviosa mientras hablaba; sus manos se movían y se agarraban

—. Me indicó que se había ocupado de mi situación; incluso me hizo un guiño.

El silencio llenó la habitación hasta que John habló.

—¿Quieres decir que el motociclista le dio una paliza al tal James?

—Sí, exactamente. Llamé a la Policía en ese momento para que lo detuvieran en la zona antes de que se largara y fuera imposible encontrarlo entre los demás moteros.

Josh miró a Angie con expresión de sorpresa.

—Gracias.

—De nada. Resultó que tú no lo hiciste, así que me vi obligada a decírselo a la Policía. —Angie dedicó una leve sonrisa al joven—. Siento mucho todo este lío. Pero me diste todos los indicios de que habías herido al hombre. ¿Qué iba a pensar yo? Bueno, al parecer, no pensé. Lo siento, Josh.

—No pasa nada. No es la primera vez que me acusan falsamente —comentó él, dedicándole una sonrisa.

—¿Quizás ahora podamos dejar las amenazas y ser buenos vecinos? —preguntó Rachel—. Eso incluye a todos los de este complejo. No podemos permitir que tengan miedo de sus vecinos.

—Creo que eso se puede arreglar —acordó John, asintiendo antes de dar otro sorbo a su café.

—Definitivamente —afirmó Josh, también asintiendo. Luego, comió un bocado de su galleta.

—No tendrá ningún problema por nuestra parte —aseguró John—. Mientras mi hijo esté bien, me parece bien todo. Y no tiene que preocuparse de que haya juegos de azar aquí. No es que lo haya hecho nunca. —Rachel y John compartieron una risa.

Cuando los Brigham se fueron, Rachel y Joe entraron en su dormitorio. Para su sorpresa, Benny y Precious estaban tumbados uno al lado del otro en la cama, durmiendo.

—Las maravillas nunca cesarán —señaló Rachel—. Finalmente, son amigos.

—¡Vaya! —exclamó Joe mirando a los dos felinos mientras caminaba hacia el armario para sacar su pijama.

Ambos se apresuraron a meterse en la cama. Una vez allí, rezaron juntos. Entre sus oraciones, estaba la gratitud por el resultado imprevisto con los Brigham. Aunque no deseaban ser amigos de los dos hombres, tampoco los querían como enemigos. La seguridad de su hija era primordial en sus corazones. Una vez que esa fea situación había quedado atrás y las amenazas habían terminado, podían relajarse. El futuro de Angie se presentaba brillante, con su nueva vocación, por no hablar de la incipiente relación con Brian. El mundo de Rachel y Joe era brillante y feliz, gracias a Dios.

TREINTA Y SEIS

—MIREN ESTO —exclamó Angie, agitando el periódico en el aire mientras se sentaba en el sofá—. Dice: "Motociclista arrestado por asesinato".

—¿Es tu caso de asesinato? —preguntó Rachel.

—Bueno, no es exactamente mío, pero sí, se trata de que James fue atacado por un motociclista —respondió, volviéndose hacia su madre, que estaba sentada en el balcón—. No se ha puesto ninguna fianza. También tienen pruebas sólidas de ADN. Va a ir a la cárcel seguro.

—Son buenas noticias —señaló Joe desde el balcón—. ¿Por qué no sales y te unes a nosotros?

—De acuerdo. —Se dirigió a la silla vacía—. Me encantan estas noches tranquilas bajo las estrellas. Después de todo lo que ha pasado últimamente, esto es tan refrescante...

—¿Cómo es que no estás con Brian esta noche? —preguntó Rachel.

—Está trabajando. Este es mi día libre extra, así que puedo hacer mi marketing. —Angie sonrió al decir: "marketing".

—Es un buen partido, Angie —aseguró Joe.

—Sí, lo es. Tuve suerte. Oh, ¿te dije que tenemos inquilinos que vienen?

—¿Cuándo? —preguntó Rachel.

—El fin de semana, por dos noches —contestó—. Son de Orlando y querían una escapada de fin de semana cerca de la playa. Cuando vieron las fotos de la posada y del interior hogareño, supieron que era perfecto para ellos.

—Buen trabajo, hija —la felicitó Joe—. Me aseguraré de que esté impecable antes de que lleguen.

—Y después —agregó ella.

—Y después, sí —acordó Joe. Tenía que limpiar después de que los inquilinos se fueran. Ese era el trato.

—Tengo dos posibles parejas que vendrán el fin de semana siguiente, pero aún no lo han confirmado. Si se corre la voz, podríamos atraer a muchos lugareños los fines de semana. —Angie suspiró de satisfacción.

—Lo estás haciendo muy bien, cariño —afirmó Rachel—. ¿No te alegras de haber venido a casa?

Angie pensó durante unos segundos antes de hablar.

—Cuando llegué, deseaba mi independencia, pero aún me aferraba a ti para que me apoyaras, aunque no hubiera admitido tal cosa. Pero era el momento de dar un salto de fe para salir de ese cómodo nido. Solo que no lo sabía. Gracias a que ustedes dos me empujaron a volar, di el salto, desplegué las alas y volé. Gracias por el empujón.

—De nada —expresó Joe con una risa.

—Pero la otra pregunta es: ¿te alegras de que haya vuelto a casa? —preguntó Angie.

Rachel rio a carcajadas.

—Al principio no me alegré en absoluto. Pensé que esta visita sería como todas las demás. Tendrías la mano extendida, queriendo que te lo dieran todo. Pero, gracias a la insistencia de tu padre para que encontraras un trabajo, no caíste en el modo de darlo todo. Y no solo eso, sino que además sobresaliste.

Encontraste un trabajo y tienes ambiciones para el futuro. Estamos muy orgullosos de ti, Angie. —Rachel miró a su hija, despatarrada en la silla, hermosa en su desenfado—. Estoy encantada de que hayas vuelto a casa. Has florecido de verdad.

—Los dos estamos orgullosos de ti, cariño. Sigue volando. Estás en el camino correcto. —Joe se acomodó en su silla con un profundo suspiro.

Angie miró las estrellas y la luna, que brillaban sobre ella. A lo lejos oyó un trueno. Probablemente, la lluvia ni siquiera estaba en camino, solo un estruendo amistoso. Tan típico de Florida... Se deleitó con el resplandor que descendía del cielo, saboreando el tiempo que había pasado con sus padres. Eran buenas personas que le habían inculcado buenos valores, por lo que estaba agradecida. Sí, Dios es bueno.

Querido lector,

Esperamos que hayas disfrutado leyendo *La Hija*. Tómese un momento para dejar una reseña, incluso si es breve. Tu opinión es importante para nosotros.

Atentamente,

Janie Owens y el equipo de Next Chapter

La Hija
ISBN: 978-4-82410-750-3

Publicado por
Next Chapter
1-60-20 Minami-Otsuka
170-0005 Toshima-Ku, Tokyo
+818035793528

26 septiembre 2021

www.ingramcontent.com/pod-product-compliance
Lightning Source LLC
LaVergne TN
LVHW091406190726
843491LV00006B/1294

* 9 7 8 4 8 2 4 1 0 7 5 0 3 *